磨铁经典第二辑·金色的青春

所有的失去都是应该失去,
唯有知识和希望属于青春,不应失去。

潮骚

[日]三岛由纪夫
Yukio Mishima
_著

代珂_译

しおさい

●浙江人民出版社

这永恒无尽的沉醉心境和户外纷扰的浪潮轰鸣,以及风摇晃树梢发出的声响,正在大自然那高昂的声势中一同起伏。这种心境里,包含了永不终结的纯净的幸福。

——第八章

目 录

第一章 _001

第二章 _010

第三章 _020

第四章 _026

第五章 _033

第六章 _044

第七章 _056

第八章 _064

第九章 _082

第十章 _095

第十一章 _109

第十二章 _120

第十三章 _136

第十四章 _148

第十五章 _168

第十六章 _178

第一章

歌岛是一座小岛，人口只有一千四百，环岛不足四公里。

歌岛上景观最美的地方有两处，其一便是坐落于岛顶附近、面朝西北而建的八代神社。

伊势海一带从这里一览无余，小岛就位于海湾口。知多半岛紧挨在它的北边，渥美半岛则自东向北延展。西面，自宇治山田[1]延伸至四日市的海岸线隐约可见。

本书注释均为译者、编者注。
1　1955年起，更名为伊势市。

登上二百级石阶，那里有一对石狮守护着鸟居。从此处回望，便可看见这片远景环绕中仿佛亘古未变的伊势海。原先这里还有枝叶交错、形似鸟居的"鸟居之松"，为远眺的风景添上一个颇具意趣的画框，但在数年前枯死了。

松叶的绿意尚浅，春天的海藻将岸边的海面染成赤红。西北向季风自港口不断吹来。在此处观赏美景是很冷的。

八代神社供奉的是绵津见命大神[1]。渔夫们从自己的生活中自然地产生了这种对海神的信仰，他们无时不在祈求海面的安宁。倘若遭遇海难后获救，第一件事就是向神社供奉礼金。

八代神社里有六十六面珍宝铜镜。既有八世纪前后的葡萄镜[2]，也有仿制的中国六朝时期的铜镜——据说整个日本也只有十五六面——铜镜背面雕有鹿、松鼠之类的图

---

[1] 《古事记》中记作"绵津见神"，在上古日语中意指"海的神灵"。后作为海神有多种记名表述。
[2] 即"海兽葡萄镜"，古代中国代表性铜镜之一，盛行于唐代。"海兽"意指来自海外的动物。"葡萄"经丝绸之路由西方传入，与"海兽"搭配凸显异域风情。在日本也多有文物出土，或在神社内供奉。

样。很久以前,它们自波斯的森林出发,跋涉过漫长的陆路,越过重重汪洋,周游了半个世界才至此地,在岛上安居至今。

景观优美的另一处场所,是岛上东山顶峰附近的灯塔。

灯塔处在断崖下方,这里,伊良湖航道海流的涛声从不间断。这狭窄的海峡连接了伊势海和太平洋,每到起风的日子,就卷起无数漩涡。航道另一边就是渥美半岛的伊良湖岬角,荒凉的海岸边满是岩石,矗立着一座小小的无人灯塔。

从歌岛灯塔往东南望去,可以看见一部分太平洋。东北方向有层层山峦,与渥美湾相隔。有时,拂晓时分的西风强盛,还能看见群峰那头的富士山。

无数渔船散布在湾内和外洋的海面上,从名古屋或四日市出港或入港的轮船顺伊良湖航道穿梭其中时,灯塔作业员会透过望远镜第一时间报上船名。

三井商船的货轮——一艘一千九百吨的十胜丸[1]进入了望远镜的视野，两名身着淡蓝色作业服的船员正原地踏着步子聊天。

没过多久，英国轮船塔里斯曼号进港了。上层甲板上有水手正在玩套圈游戏，身影看上去鲜明又小巧。

灯塔作业员坐在值班小屋里的办公桌前，在报告船舶往来的记事本上写下船名、呼号、通过时刻以及行驶方向，又将这些转译成电报进行汇报，以便港口上的货主及时着手准备。

黄昏，西沉的日头被东山遮挡，灯塔一带暗了下去。海面之上的天空明亮，有鹰在翱翔。它飞在高空，像是在测试自己的翅膀，不断弯曲又伸展双翼，看似要俯冲，却又在空中急停，转而开始滑翔。

日头尽落时，一名青年渔夫手里拎着好大一条比目鱼，快步走在村子通向灯塔的那条上坡路上。

---

[1] "丸"指船号，"十胜丸"即"十胜号"。

他只有十八岁,前年刚从新制初中[1]毕业,个头儿很高,体格健硕,只有那仍显稚嫩的面庞与年纪相符。他的皮肤被太阳晒得黑到无法再黑,他有着岛上居民特有的轮廓,漂亮的鼻子以及干裂的嘴唇。泛黑的眼睛极其清澈,不过这是大海给海中谋生之人的恩赐,绝非表现其主人智慧的清澈。他在学校里的成绩是非常之差的。

他一整天都在捕鱼,身上还是那套干活儿的衣服——父亲留下的裤子以及做工粗糙的外套。

路过静谧的小学校园,青年走上水车旁的坡道。他登上石阶,行至八代神社背后。神社庭院里,包藏在黄昏黯淡之中的桃花泛着白。从那里到灯塔,只需再爬不到十分钟的山路。

那条路着实崎岖,不熟悉的人恐怕白日里都要摔跟头,可青年闭上眼睛也能辨清脚下所踏之处是松根还是岩石。就像现在,哪怕他边赶路边沉浸在自己的心事里,也

---

[1] "二战"结束后,日本基于教育改革的理念所开设的三年制义务教育初中,男女均可就读。以前的初中只允许男子就读,是升读高中的必要条件,相当于高中预科。

不曾踉跄一下。

就在不久前，夕阳残照时，太平丸载着青年回到了歌岛港。每一天，青年都跟着师傅以及另一个伙伴乘坐这艘由发动机驱动的小船出海捕鱼。渔船归港，他将船上的海产搬上商会货船，再把小船拉上岸，手里拎着要送到灯塔长家的比目鱼。青年打算先回家一趟，于是沿着沙滩走着。海滨仍是日暮，许多渔船正被拉上海滩，号子声交错飞扬，嘈杂而喧嚣。

一名陌生的少女把一个俗称"算盘"的结实木架子立在沙滩上，正靠着它休息。那木架子是用卷扬机拉渔船上岸时垫在船底下的工具，需要不断抽掉后面的垫到前面。少女看来已完成了这项工作，正打算松口气。

她的额头沁出汗珠，脸蛋通红如火。寒冷的西风势头正盛，少女那因劳动而发烫的脸却直接迎着风，仿佛让长发在风中飞扬是种享受。她穿着棉马甲、劳动裤，戴着脏脏的棉纱手套。她那健康的肤色和其他女子没有区别，但双目更为清秀，眉间透着娴静。少女一直盯着西面海上的天空。那里，泛黑的云朵层层堆叠，缝隙之间，夕阳化作一个红点，正在沉没。

青年对这张脸并无印象。按理说，歌岛上不可能有他不认识的面孔。若是外来人，他应该一眼就能看出来。话虽如此，少女的身形装扮却又不像外人。唯有一点——那独自望着大海出神的模样，与岛上那些开朗活泼的女子不同。

青年故意从少女面前走过。他像个见着稀罕物的孩子般，面对面地站在少女身前，一本正经地打量她。少女的眉头略微皱起。她没看青年，一直注视着海面。

沉默的青年观察完后便快步离开。那时候，他只是朦胧地感到一种被好奇心充填的幸福，但很久之后，他开始攀登通往灯塔的山路时，为自己那唐突的检视羞愧得面红耳赤。

透过松树林的间隙，青年眺望下方潮水轰鸣的海。月出之前的海很是晦暗。转过"女人坂"的弯道——传说，在这里会迎头撞见高大的女妖怪挡在自己面前——就可以看见灯塔明亮的窗户高高在上。那光亮刺痛着青年的眼睛，因为村里的发电机已坏了很久，所以在村子里看到的都是煤油灯的光。

他之所以这样时不时地给灯塔长送鱼,是因为他觉得灯塔长对自己有恩。初中临毕业时,青年因考试不及格而留级,眼看着就得被迫延迟一年毕业。青年的母亲因为常去灯塔附近拾松叶当柴火,而和灯塔长的妻子熟络了起来,于是向对方诉苦说,儿子要是推迟毕业的话,日子就过不下去了。灯塔长的妻子跟丈夫说起这事,灯塔长就去找了跟自己要好的校长。多亏了灯塔长,青年才免于留级,得以毕业。

离开校园后,青年就去捕鱼了。他不时将捕到的鱼送去灯塔,还替他们跑腿买东西。灯塔长夫妇因此都很疼爱他。

一级又一级的水泥台阶通向灯塔,灯塔长的房舍就在台阶跟前,旁边还有一块小菜地。后门连着厨房,灯塔长妻子的身影正在玻璃窗上晃动,似乎在准备晚餐。青年在外头叫门,灯塔长妻子给他开了门。

"哎,是新治呀!"

她接过青年默不作声地递到面前的比目鱼,高声喊了一句:

"孩子爸,久保家送鱼来喽!"

屋内，灯塔长用他那淳朴的声音回应：

"谢谢你每次都送东西来！快进屋吧，新治。"

青年站在门口有些扭捏。比目鱼已被放进一个大大的白色搪瓷盆里，血正从它微微翕动的鳃部流出，在雪白而光滑的鱼皮上渗染开来。

第二章

次日一早，新治乘坐师傅的小船出海捕鱼。海面映出拂晓朦胧的天空，泛着微白。

开到捕鱼场大约要花一个小时。新治系上黑色的橡胶围裙，围裙遮住了他的前胸，长及橡胶套靴的膝部，还戴上了橡胶长手套。随后他站到船头，一边在船头遥望灰色晨空下的太平洋，一边回想昨夜从灯塔回来后一直到入睡前的事情。

……狭小的屋内，炉灶旁吊着一盏昏暗的煤油灯，母亲和弟弟正在那儿等待新治回来。弟弟十二岁。父亲在战争的最后一年遭机关枪扫射身亡。之后的几年，在新治像现在这样出门干活儿之前，全靠母亲独自做海女[1]的收入养活一家子。

"灯塔长很高兴吧？"

"嗯，一直招呼我进他家里坐，还请我喝了可可。"

"可可是啥？"

"相当于洋人的豆沙汤吧。"

母亲对烹饪一窍不通。她做饭的方法只有几种，要么做成刺身，要么拿醋泡，或者干脆整个儿烤了或煮了。今天盘子里就是整条煮熟的新治捕来的竹荚鱼。鱼在煮之前也没怎么洗，吃鱼肉时常常能嚼到沙子。

新治盼着能通过饭桌上的闲聊从母亲嘴里听到关于那名陌生少女的消息。可是母亲这个人，既不爱发牢骚，也不在背后议论别人。

饭后，他领弟弟去澡堂，希望在澡堂子里听到一些风声。可由于时间晚了，澡堂里已经很空，水也脏了，渔业商会的会长和邮局局长正泡着澡议论政治问题，声音经天

---

[1] 闭气潜水打捞海产品的女性。

花板反射后带着回响。兄弟俩用眼神同他们打了招呼,就在角落里坐下泡澡。新治竖起耳朵仔细听,可他们一直在谈政治,始终没聊到少女的事情。没过多久,弟弟就要走,新治跟出去问原因,这才知道弟弟宏今天在玩打仗游戏的时候,用木刀敲了商会会长儿子的头,把人家给弄哭了。

当晚,新治遇上了件怪事。自己向来倒头就能睡着,今天却无论在床上躺多久都依然很精神。这位青年一次病都没生过,甚至担心起是否这就是生病的感觉。

……这种奇妙的忐忑持续到了早晨。然而站在船头,广袤的海洋在面前铺展开来,新治看着那片海,每日劳动所带来的亲切活力充盈在体内,他的心也在不经意间安宁下来。马达震得小船微微颤动,清晨凛冽的风拍打着青年的面颊。

右方高耸的断崖上,灯塔已经熄灭。早春的褐色树丛下方,伊良湖航道的海涛掀起浪花,那是阴晦的清晨风景里鲜明的白。师傅的摇橹手法娴熟,架着太平丸顺利通过了航道上的漩涡。若是巨轮,则只能从两片暗礁之间、永远冒着水泡的那条狭窄航线通行。航道有八十到一百海寻[1]深，可暗礁之上的水深只有十三到二十海寻。从标示航道的浮标处起，朝着太平洋的方向，沉着无数用来捕章鱼的罐子。

歌岛整年捕鱼量的八成都是章鱼。十一月便开始的章鱼渔期早于春分前后才开始的长枪乌贼渔期，此时已近尾声。伊势海域水寒，章鱼会游向太平洋的深水区避寒，这叫作"落蛸"，章鱼罐就事先埋伏在途中捕获它们——这一季节结束了。

小岛临太平洋一侧的浅海，对技艺纯熟的渔夫而言就如同自家庭院一般，他们对海底每一处角落的地形都了如指掌。

"海底一抹黑的时候，我们就跟盲人推拿师一个样儿。"他们总是如此宣称。

他们懂得通过罗盘辨识方位，比对远方岬角的山峦，通过高低之差知晓渔船所处的方位。知道了位置，也就知道了海底的地形。每一条绳索上都挂着一百多个章鱼

---

[1] 海寻，计量海洋水深的长度单位。1海寻约为1.85米。

罐，一条又一条的绳索规整地排列在海底，系在绳索各处的浮子随着海潮的起伏而摆动。既是船主又是师傅的那位老练的船老大掌握捕鱼的技巧，新治跟另一个名为龙二的年轻人只需专注于他们的体格所能胜任的力气活儿即可。

船老大名叫大山十吉，有着一张经海风长久揉擦后变得像皮革般的面庞。日晒直抵皱纹最深处。手上淤积污垢的皲裂和捕鱼落下的旧伤更是交杂难辨。他是个很少笑的人，永远沉稳，捕鱼时会高声发号施令，但从未因愤怒而吼过。

十吉在捕鱼时几乎不离开船橹旁，只靠一只手调整马达。出了海湾，方才并未见过踪影的许多渔船早已停靠在那里，众人互相交换清晨的问候。十吉降低马达的马力，到了自己的渔场后，便示意新治给马达装好传送带，另一头卷在船舷处的传动轴上。小船顺着挂章鱼罐的绳索缓缓前行时，这个传动轴会让船舷外侧的滑轮转动，两个年轻人就轮流将绳索搭在滑轮上将其拉起。绳索必须随时用手拉扯着，否则很快就会打滑，并且绳索经海水浸泡后变得很沉，必须借助人力从海里拉起。

海平线之上，云层里包裹着微弱的阳光。两三只鱼鹰在海面游着，长长的脖子冲着水面。再看歌岛那边，面朝南方的断崖已经被成群栖息的鱼鹰的粪便染成白白的一片。

寒风凛冽，新治在往滑轮上挂绳索的同时，注视着深蓝的海面。他感觉到，劳动的活力正从体内腾涌而起，它即将让自己流淌汗水。滑轮开始转动。潮湿而沉重的绳索从海底升了起来。隔着一层橡胶手套，新治的手握住了冰冷坚硬的绳索。绳索被双手拉扯着挂上滑轮，激起如冰雨般的水花。

紧接着，章鱼罐就从海水里露出了土红色的躯体。龙二早已等在一旁，如果罐子是空的，那为了不让罐子碰上滑轮，他需要迅速倒掉里头的海水，再让它随着绳索沉入海里。

新治单脚踩在船头上，双腿叉开，跟大海继续着这场漫长的拔河。绳子不断地被拉进手里，新治正走向胜利。可大海并没有认输。它持续送上空的章鱼罐，仿佛在嘲弄着新治。

每个罐子间隔七到十米,而拉出来的二十多个都是空的。新治拉绳索,龙二倒海水。十吉没有任何表情变化,手搭在橹上,默默看着青年们劳作。

新治的背上逐渐渗出汗水。他的额头曝露在晨风之中,有汗珠在闪光,面颊也变得火热。日头终于刺破了云层,把年轻人们跃动的身姿在他们脚边投成淡淡的影子。

又一个罐子上来了,龙二这次没有将它放回海里,而是倒扣在了船上。十吉停下滑轮,新治这才看向罐子。龙二拿木棒往罐子里捅,但里面的东西就是不出来。木棒在罐子里又是一阵搅动,章鱼这才不情不愿地滑出来,趴在原地——仿佛一个被吵醒了午睡的人。

发动机舱前面,大水槽的盖子已被掀开,今天的第一个收获伴随着一声闷响沉入水底。

几乎整个上午,太平丸都在捕章鱼,却只收获了五只。风停了,日光明亮了起来。太平丸顺着伊良湖航线回到伊势海。他们要在那里的禁渔区偷偷捞鱼。

捞鱼,就是用船拉起一排结实的鱼钩,像耙子一样在海里钩鱼。许多挂了鱼钩的绳子被平行拴在绳索上，绳索水平地沉入海里。开船绕一圈后拉起绳索，四条牛尾鱼和三条比目鱼拍打着水花升出了水面。新治徒手将它们从钩子上取了下来。牛尾鱼翻着白鱼肚，躺在血糊糊的船板上。蓝天倒映在比目鱼那深陷入褶皱的眼里和它那泛黑潮湿的身体上。

午饭时间到了。十吉将捕获的牛尾鱼放在马达盖板上处理，做成了鱼生。食物被分别摆到三人各自的铝饭盒的盒盖上，再洒上装在小瓶子里带上船来的酱油。三人端起饭盒，里面是麦饭，角落里还塞了两三片腌萝卜。小船在轻柔的海浪里随意漂泊着。

"宫田家的照老爷子让他女儿回来了，你们知道吗？"十吉突然开口道。

"不知道。"

"不知道。"

两个年轻人摇头。这时十吉又开口了。

"照老爷子家有四个女儿、一个儿子，女儿太多，就让三个出嫁，另一个寄养了。最小的女儿初江，让志摩市老崎那边的海女领走了。可是呢，他家的独苗松哥去年得肺病死了，那照老头又是光棍儿，一下子就孤零零的了，所以就把初江要了回来，户口也迁回了家里，打算招个女婿。那初江长得可水灵了，那些毛头小子都想去当上门女婿，可了不得。我说你俩，要不试试？"

新治和龙二互相看了看对方，笑了。二人确实都脸红了，可由于晒得太黑，并看不见那红晕。

在新治心里，他把这个小女儿和昨天海边见到的女子紧紧联系在了一起。同时他想到自身经济上的窘困，便没了自信。昨天那么近距离观察过的女孩儿，如今却给他一种十分遥远的感觉。因为宫田照吉是个有钱人，家里有一百八十五吨的机动帆船歌岛丸和九十五吨的春风丸，都租给了山川运输公司，他那一头白发跟狮子毛似的竖着，还出了名地严厉，爱发火。

新治从来没有过多的心思。他觉得自己才十八岁，考虑女人的事还太早。他不像那些都市少年一样沉浸在众多刺激中长大，歌岛连一个弹子房、一家酒馆、一个陪酒女郎都没有。将来有一艘自己的机动帆船，跟弟弟一起在沿海做运输，就是这个青年心中朴素的梦想。

新治的身边有着广阔的海洋，他却压根儿没憧憬过有朝一日要起程远航。海之于渔夫，就近似于土地之于农民。海是生活的场所，它没有稻穗和小麦，但它就是一片耕田，那没有固定形状的白色穗浪，无时无刻不在这一片纯蓝而多愁善感的柔土之上摇曳。

……不过，当天捕鱼结束时，在晚霞的映衬下，一艘白色货船在海平线上航行，青年看着它，心中涌起一股难以言喻的感动。世界正以他从未设想过的广袤，自远方逼近而来。对于这种未知世界的印象，就好像一阵远方的响雷，远远地轰鸣而来，又倏地消失散尽。

船头的船板上，一只小小的海星已经干瘪。青年坐在船头，视线离开晚霞，轻轻摇了摇缠着厚厚白毛巾的头。

第三章

当天晚上，新治去参加了青年会的例会。以前那里叫"寝屋"，专为年轻人提供合住的场所，换成现在这名称后，许多年轻人照样不睡家里，而是更喜欢来这座条件朴素的海边小屋里住。在这里，大家严肃地讨论教育、卫生、打捞沉船以及海难救助等问题，还包括舞狮子和盂兰盆舞——它们自古便是年轻人的活动，置身其中时，年轻人能感觉到和公共生活之间的联系，品尝身为一个男子汉所应该肩负起的那种令人愉悦的重荷。

支起来的防雨窗在海风中发出声响，煤油灯摇晃着，忽明忽暗。屋外，夜晚的海近在咫尺。海潮轰响，朝着灯影晕染下那群年轻人的快活面庞不停讲述着大自然的不安和力量。

新治进去时，正看到一个青年四肢着地趴在灯下，让伙伴拿有了锈迹的推子替自己推头发。新治微笑着在墙边坐下，抱起双膝。他总是这样，默不作声地听别人谈话。

青年们互相炫耀着当天的收获，大叫大笑着，也毫无顾虑地相互数落。爱读书的青年们则如饥似渴地读着摆在屋里的过期杂志。还有人抱着同样的热情沉迷在漫画书里。他用与年龄不相称的粗壮手掌按住书页，有时不能立刻理解某一页里的幽默内容，思考了两三分钟后才笑出声。

在这里，新治又听到了那女孩儿的消息。一个牙齿不齐的少年先是张大嘴笑了笑，然后说道："听说那个初江……"

新治只断断续续地听到了这些，随后四周嘈杂起来，剩下的话语被淹没在了他人的笑声里。

新治一向不动什么心思，但这个名字却如同一道十分难解的问题，使他的心为之烦扰不已。光是听到这名字，他就脸颊火辣，心跳加快。明明坐着没动，身体却发生了这种只有剧烈运动时才有的变化,这让他不舒服。他试着用手掌摸了摸脸,那脸颊烫得简直不像自己的。这种自己无法理解的东西的存在挫伤了他的自尊,他的脸因恼怒而变得更红了。

大家就这样等待着支部长川本安夫到来。安夫虽只有十九岁,但出身村里的名门,具备统率众人的能力。他年纪轻轻就已经懂得了如何树立威信,集体活动时必然姗姗来迟。

门猛地打开,安夫进了屋。他很胖,一张红脸遗传了他那好酒的爹。虽不至于招人厌,但他淡淡的眉毛也还是显得有些狡猾。他说话标准而流利:

"不好意思我来晚了。那么我们这就开始吧,来谈一谈下个月将要举办的活动。"

他如此说着,在桌前坐下翻开记事本。不知为何,安夫似乎很着急。

"之前已拟订的计划是,嗯,举办敬老会,搬运用来修建农业用道的石料。由于村里提出了要求,为了灭鼠,还要加一条下水道的清扫作业。所有这些事,嗯,都在天气不好不能出海捕鱼的时候办。灭鼠,不管什么时候都行。就算不是在下水道里,杀个老鼠警察也不会抓你。"

大家笑了。

"哈哈哈。不错,不错。"有人这样说。

有人提议请校医举办卫生讲座,还有人提议举办辩论大会。可旧历正月刚过,这些年轻人对举办活动已经有些腻了,兴致都不大高。后来,油印的青年会会刊《孤岛》的品读会开始了,一位爱读书的青年在一篇随感的末尾引用了魏尔伦的诗,这首诗成了众人批评的对象。

    无知的、我悲愁的心

    为何在海中央

    惊惶癫狂

    羽翼冲撞……

"'惊惶'是什么啊?"

"'惊惶'就是'惊惶'呗。"

"是和'惊慌'弄混了吧?"

"就是就是,'惊慌癫狂'就通顺了。"

"魏尔伦是谁?"

"法国著名诗人啊。"

"谁知道真假。该不会是从哪首流行歌曲里抄来的吧？"

就这样，例会如同往常一样在互相数落中结束，支部长安夫匆忙地走了。新治不明缘由，就找了个朋友问。

"你不知道？"朋友答，"照老爷子的女儿回来了，要办酒席，他是被叫去了。"

过了一会儿，没被叫去吃酒席的新治独自离开小屋，沿着海滩朝八代神社的石台阶走去。要是平常，他应该会和朋友们有说有笑地回家。斜坡上层层叠叠地建了许多房子，新治从中找到了宫田家的灯，是那种很平常的煤油灯。虽看不见那儿的酒席什么样，但油灯敏感的火焰，一定让少女娴静的眉梢和长长的睫毛投下了黑影，并使那影子在面颊上轻轻摇晃。

新治行至石阶下方，抬头仰望松影斑驳的二百级白石阶。他开始攀登。木屐踩在石头上，发出单调的声响。神社四周不见人影，神官家的灯也已经熄了。

一口气爬完二百级台阶，青年厚实的胸膛也没有丝毫起伏。他在神社前虔诚地俯下身子，将十日元硬币投进了

放香火钱的箱子里。随后咬咬牙,又扔进去一枚。行礼时的拍手声回响在庭院里,新治同时在心里祈祷:

"神啊,请您保佑海上平安,捕鱼丰收,村子越来越繁荣!我还是个少年,请您保佑我有朝一日成为一名合格的渔夫,无论大海、鱼、船、天气,什么都清楚,什么都熟练,请保佑我成为这样一个优秀的人!神明在上,请保佑我的母亲和年纪还小的弟弟!在海女繁忙的季节,请您保佑我母亲下海时远离各种危险!另外……我还有个不太像话的愿望,请您保佑我这样的年轻人,有一天也能找到一个温柔又美丽的老婆!比如……就像宫田照吉他那个回家来的女儿那样的……"

风来了,松树梢窸窣作响。神社内一片漆黑,风吹进去,发出森严的回响,仿佛海神已然准允了青年的祈愿。

新治仰望星空,深吸了一口气。随后,他这样想到——

"我许这么任性自私的愿望,会不会遭到神明的惩罚?"

第四章

之后又过了四五天,这是一个刮大风的日子,波涛拍打着歌岛港,浪花高高越过了防波堤,海面上各处都翻涌起白色的浪头。

天是晴的,可受风的影响,全村都停止了捕鱼,母亲便托新治去办事。山里拾来的柴火都集中放在以前陆军的观测哨[1]旧址上。母亲的柴火上系着红布条。她告诉新治,如果青年会的石料运输作业上午结束,就去把那些柴取回来。

---

[1] 用来观测试射炮弹着弹点的场所。

新治背着装柴的木筐走出家门。通往那里的路正好经过灯塔。一转过女人坂,风竟然没了,仿佛之前的一切都是假象。灯塔长家静悄悄的,似乎正在午睡。灯塔的值班小屋里,能看见坐在桌前的灯塔作业员的背影,收音机的音乐声在飘荡。新治攀登着灯塔背后松林的陡坡,出了一身汗。

山里一片寂静。不仅没有人影,连一只晃悠的野狗都没有。这座岛出于对土地神的忌讳,别说野狗,就连家养的狗也没有一只。岛上尽是斜坡,土地又狭窄,所以也没有用来运输的牛马。唯一的家畜就是猫,它们顺着串起村里各户人家的石子小路轻盈而下,尾巴尖儿掸过片片屋檐下鲜明而凹凸的黑影。

青年登上了山顶。这里是歌岛的制高点。但在杨桐、茱萸等树木和高高的草丛包围下,视野并不开阔,只能听见草木缝隙间传来的涛声。从此地南下的路上,灌木和野草泛滥,青年不得不绕个大圈才能抵达观测哨旧址。

没过多久,三层高的钢筋水泥观测哨出现在了松林和沙地的那一头。在荒无人烟的静谧自然里,那片白色废墟看上去透着神秘。试射炮从伊良湖岬角对面的小中山试射场发射,士兵会在二楼观测台把双筒望远镜举到眼前观测着弹点。炮弹落哪儿了?参谋在室内发问,士兵做出回答。在战争期间,士兵们一直在此驻扎,重复同样的生活。对于莫名减少的兵粮,他们总是怪罪成了精的狸子。

青年来到观测哨的一楼看了看。成捆的枯松枝堆成了山。一楼以前似乎是储物室,由于窗户特别小,还有一些窗户的玻璃尚未破损。借着一丝光亮,他很快找到了母亲留下的记号。有几捆柴上系了红布条,还写了"久保富美"几个笨拙的炭笔字,那是母亲的名字。

新治卸下背后的筐,将枯松枝和柴火绑上去。难得来一趟观测哨,他觉得就这样回去太可惜,于是决定先将东西放一边,转而去爬水泥楼梯。

这时候,上方传来一阵轻微的动静,是类似木头撞击岩石的那种声响。青年竖起耳朵听,动静没有了。一定是错觉。

顺楼梯往上,废墟二楼偌大的窗户既没了玻璃也没了窗框,就那么落寞地圈出一片海。观测台的铁栅栏也没了。浅黑的墙壁上,留下了士兵们随手涂写的白色字迹。

新治继续往上爬。视线穿过三楼窗户,停留在坍塌的国旗台上，这时，他清清楚楚地听见有人在啜泣。他跳了起来，脚踩运动鞋迈出矫捷的步伐，朝屋顶攀登而上。

见青年的身影悄无声息地突然出现，倒是对方受到了惊吓。哭泣的少女脚下穿的是木屐，她止住了哭声傻站在原地。是初江。

这场幸福邂逅，让青年不敢相信自己的眼睛。二人就像森林里不期而遇的动物，都心怀警戒与好奇，只是互相交换眼神，驻足原地。终于，新治开口问道——

"你就是初江吧？"

初江不由得点头，然后又因为对方竟然知道自己叫什么而显得惊讶。不过，青年的瞳孔充满力量，漆黑而诚恳，似乎使初江想起了在海边，曾直勾勾地盯着自己看的那张年轻面庞。

"是不是你在哭？"

"是我。"

"你为什么哭？"

新治像巡警一样问。

没想到少女竟回答得很干脆。她说，其实是灯塔长的妻子办了个学习会，专门教村里一些有意愿学习的少女举止礼仪。自己是第一次参加,因为到得太早就在后山转转,走着走着就迷了路。

这时,有飞禽的身影从二人头上掠过。是一只隼。新治认为这是一个好兆头。于是,原本打结的舌头也开始放松,他找回了平日里的男子气概,说自己正要回家,路过灯塔,提议就送她到那里。少女笑了,丝毫没想到要去擦拭流下的眼泪。她就像在雨中发出光芒的太阳。

初江穿着黑色哔叽裤、红色毛衣,红色天鹅绒袜子下面踩着木屐。她站直了身子,透过楼顶的水泥护栏俯视大海。

"这个房子是干什么的?"她问。

新治稍微拉开了些距离,也趴在护栏边。

"是观测哨。他们就在这里看大炮的炮弹飞到了什么地方。"他答道。

岛的南面被群山遮挡,没有风。阳光照射下的太平洋一览无余。断崖上有松树,峙立在其下方的岩石一角,岩石已被鱼鹰的粪便染成一片白。近岛的海面则因海底遍布的褐藻而呈现出黑褐色。汹涌的波涛带起浪花,拍向那些高大的岩石。新治指着向她讲解:

"那就是黑岛。铃木巡警就是在那儿钓鱼,被卷进了浪里。"

新治感到特别幸福,可时间已很紧了,初江不得不前往灯塔长家。她离开水泥护栏,转身对新治说:

"我,得走了。"

新治没有回应,而是露出吃惊的神情,因为初江的红毛衣的胸口上,留下了一道黑漆漆的横线。

初江也注意到了,她看了看自己刚才趴过的水泥护栏,脏得发黑。她低下头,用手掌拍打胸口。原本那儿只是隐约地隆起,毛衣遮住了下面挺拔的支撑物,现在却因为她的胡乱拍打而轻微摇摆。新治惊奇地看着那里。乳房在她拍击的手掌下,看起来就好像是在故意嬉闹的小动物。那跃动的、富有弹力的柔软让青年十分感动。那一条黑色的污渍,在拍打中消失了。

新治带头从水泥楼梯走了下来,初江的木屐发出微小又清脆的声音,在废墟的四壁间回响。正要从二楼下到一楼,新治背后的木屐的声响突然停住了。新治回头。少女笑了。

"怎么了?"

"我是黑,不过你也够黑的。"

"你说什么呢?"

"说你晒得真黑。"

青年不知为何就笑了,边笑边下楼梯。他正打算直接离开,又转身回来。母亲叮嘱他来拿的柴火给忘记了。

返回灯塔的路上,新治背着小山一样的成捆松枝走在少女前面,他被少女问及姓名,这才第一次说出了自己的名字,然后他赶忙补充了一句,自己的名字,还有在这儿遇着自己的事都别对旁人讲,他如此请求道。新治十分清楚,村里人都嘴碎得很。初江答应他不说出去。忌惮爱嚼舌根的村民——这一正当理由,就这样让一场无甚特别的偶遇,变成了二人之间的秘密。

新治想不出还有什么办法能再见到她,就这样不吭声地走着走着,二人很快到了低头便可看见灯塔的地方。青年告诉少女一条近路,下去就是灯塔长家的后院,然后就地告别,因为他打算独自绕路回去。

第五章

一直贫穷但活得安稳而充实的青年,自那天起受到了不安的折磨,开始变得心事重重。自己身上没有任何地方值得初江倾心,这想法使他忐忑不已。虽然他健康,除了麻疹之外都没得过病;他泳技高超,甚至能绕着歌岛游五周;他力气大,自信腕力不输任何人——但他不认为这些能够吸引初江的芳心。

那之后,他一直没有机会再跟初江见面。打鱼归来时,他总是朝海滨张望,就算偶尔见着她的身影,她也都忙得不可开交,根本没有搭话的空闲。她再也没像上次那样,独自倚靠着"算盘"眺望海面了。而每当青年厌倦了相思，下决心再也不去考虑初江的事情，那么当天捕鱼回来后，他一定能在热闹的海边窥见初江的身影。

城里的少年可以通过小说或电影学习恋爱的方法，歌岛上却根本没有任何可模仿的对象。这么一来，关于从观测哨到灯塔的那段珍贵的二人时光，自己当时还应该再做些什么，新治总也想不出个所以然来。自己没有再多做些什么——只有这悔恨痛彻地留在了他心里。

虽还没到祥月命日[1]，但这天是父亲的命日，一家人要同往扫墓。新治每天都出去捕鱼，所以时间选在了出海前。新治、还没到上学时间的弟弟、手拿香火和花的母亲，三人一起出了家门。在这岛上，家里就算没人，也不会遭小偷。

墓地在村子边上连着海滩的一处低矮断崖上面，涨潮时，海水就会淹到断崖下面。凹凸不平的斜坡上布满了墓碑，因为泥沙地不坚实，有的已然歪斜。

夜还没有结束。这个时间，灯塔那边已经泛白，但面

---

[1] 祥月命日即死者忌辰，而后文的"命日"指月命日，即每月里和死者去世那天同号的日子。

向西北的村子跟渔港仍留在夜色里。

新治拿着灯笼走在前方,弟弟宏揉着惺忪的睡眼一路跟在后面。

"今天的便当,给我四个**萩饼**[1]吧。"弟弟扯着母亲的衣角道。

"傻孩子,两个就行啦。三个都会把肚子吃坏的。"

"妈,给我四个吧。"

逢庚申[2]那天或祭祖时做的**萩饼**,一块能有枕头大小。

冰冷的晨风在墓地内肆意游荡。被岛屿遮挡的海水黯淡,洋面上已浸润着曙光。环绕着伊势海的群山能看得很清楚。墓碑在黎明的微光中,仿佛是抛锚停泊在繁荣海港中的许多白色帆船。那是再不会迎风起航的帆,是在漫长的休憩中沉沉地低垂下去,就那么化作了石头的帆。那些锚深深刺入了地底,深到再也无法拉起。

来到父亲墓前,母亲将花摆好。火柴总被风吹灭,她擦了好几根才点燃了香。随后她便让两个儿子祭拜,自己

---

1 糯米蒸熟后裹豆沙做成的饼,除食用外也在扫墓时用于供奉。
2 庚申信仰,起源于中国道教的日本民间信仰。

则站在他们身后拜了拜，哭了出来。

村里有一条口口相传的规矩——不可让女人与和尚上船。父亲死前坐的那条船就犯了这个禁忌。有个老婆婆死了，商会的船载着尸体前往答志岛接受尸检，在距离歌岛大约三海里的位置遭遇了舰载B24轰炸机。他们先是遭到轰炸，接着又是机关枪扫射。那一天，平时一直负责的轮机工不在，代班的轮机工对设备还不太熟悉。引擎停转后冒起黑烟，成了敌机的目标。

管道和烟囱都裂开了，新治父亲的头从耳朵往上被炸得稀烂。有一个人被打中眼睛，当即毙命。一个人背后中枪，子弹留在了肺里。一个人被打到了腿。一个人屁股上的肉被打掉了，失血过多，不久也没了命。

甲板上、船舱里，都成了血海。油桶被打穿，油全都淌出来盖在血泊之上。有人因此而无法卧倒，结果被打中了腰。船头船舱的冰柜里躲了四个人，他们得救了。还有人当时脑子一片空白，从操纵室的背窗钻了出去逃命，等回村后，想再钻一次那小小的圆窗，却怎么也钻不过去了。

就这样，十一个人里有三个死了，可横在甲板上只盖了张草席的老婆婆的尸体，却一枪都没中。

"捞玉筋鱼的时候，我爸那样子真吓人。"新治回过头看母亲，说道，"我几乎天天挨他的揍，头上那些包连消的工夫都没有。"

捞玉筋鱼是在四海寻深的浅滩处进行的捕鱼活动，要求高超的技艺。那是一种模拟海鸟追踪海底鱼类的捕鱼方式，需使用插着飞鸟羽毛、柔韧性很好的竹竿，并且需要默契的配合。

"那当然了。捞玉筋鱼在捕鱼这行当里，也是只有男人才干得了的活儿。"

宏在一旁听哥哥和母亲对话，心里憧憬着十天后就要到来的修学旅行。新治像弟弟这么大的时候，因为家中贫困而没能去参加旅行，这一次，他可以用自己赚来的钱，替弟弟攒路费了。

一家人扫完墓，新治便独自径直朝海边去了，为渔船出海做准备。母亲则要回家取来便当，在起航前交给新治。

青年一路急行朝太平丸赶去，清晨的风把往来行人的话语送进他耳朵里。

"听说川本家的安夫要给初江家倒插门啦。"

听到这些,新治的心里变得一片漆黑。

这天,太平丸仍然一整天都在捕章鱼。

回到港口之前的十一个小时里,新治几乎没开口说过话,只是专心捕鱼。平时他话就少,就算沉默不语也不大引人注意。

进港后,他像往常一样接上商会的船,卸下捕来的章鱼。其余种类的鱼,都通过中间商转卖到了叫作"买船"的个体海鲜商贩的船上。金属笼子挂在秤上,黑鲷鱼在其中翻转腾跃,折射出夕阳的红光。

因为正赶上十天一次的结账,新治和龙二都跟着师傅去了商会的办公室。这十天里的收获有四十多贯[1],从中扣除商会的交易手续费、一成的强制储蓄、耗材费后,纯收入为两万七千九百九十七日元。按照业绩换算,新治从师傅手里接过四千日元工资。如今已经过了渔业旺季,这收入已算不错。

---

[1] 1贯为3.75公斤,此重量单位在日本商业交易中使用至1958年。

青年用他那宽大而粗糙的手捏住钞票，舔舔手指仔细数过，又重新塞回写有姓名的信封，深深塞到外套口袋里收好。接着他向师傅鞠了一躬，走出了办公室。师傅和商会会长正围在火盆边，相互显摆着手工打造的黑珊瑚烟嘴。

青年本打算直接回家，脚步却不知为何迈向了傍晚的海岸。

海边，最后一只渔船正被拉上岸。男人数量不多，一个转卷扬机，一个拿手拽绳索，两个女人将"算盘"垫在船底把船往上推。新治一眼就能看出他们进展缓慢。海边已开始天黑，也没见着有要上去帮忙的中学生，新治就打算去搭把手。

就在那时，推船的女子之一抬起头朝他看了一眼。是初江。自早上起，这名少女就使新治的内心一片黑暗，他并不愿看见她的脸，可他的脚步已经近了。冒着汗珠的额头，泛着红潮的脸蛋，漆黑的瞳孔凝视着渔船前进方向，这张脸正在薄暮中燃烧，令新治无法移开视线。他一声不吭地伸手抓住绳索。转卷扬机的男人道了声谢。新治很有力气，渔船马上就被拖上了沙滩，女人们赶忙搬起"算盘"往船尾跑去。

船拉上岸后,新治头也不回地就往家走。他很想回头,但是忍住了。

拉开门,眼前是熟悉的光景,昏暗的煤油灯下,是家里那旧得泛出褐色的草席。弟弟趴在上面,在灯下读着课本,母亲则在炉子边忙着。新治没有脱胶靴,只让上半身仰躺在席子上。

"回来啦。"母亲道。

新治喜欢默不作声地把装着钱的信封递给母亲。母亲心里也有数,每到结账的日子她都佯装不记得,因为她知道儿子想看自己惊讶的样子。

新治的手伸进了外套的内袋,里面没钱。他又在另一边的口袋里找,裤子口袋也翻了。就连裤子里都伸手进去掏了掏。

一定是掉在海边了。他什么也没说就冲了出去。

新治跑出家门后没多久,就有人来叫门。母亲走到门口,看见黑乎乎的门外站着一名少女。

"新治君在不在家?"

"刚才回来过,又走了。"

"这是我在海边捡到的。上面写着新治的名字,所以……"

"哎呀,你可真是个大好人。可能新治出门就是为了找这个?"

"那我去告诉他一声吧?"

"好的,那谢谢啦。"

海边已经完全黑了。答志岛和菅岛上微弱的灯光照耀着海面。众多渔船静静地躺在那里,星光下,船头昂扬地朝着海的方向。

初江看见了新治的身影,那影子又很快消失在了船后面。新治正弯腰找东西,似乎没有看见初江。在一艘船背后,二人打了照面。青年茫然地傻站着没动。

少女说明缘由,告诉他钱已经交到了母亲手上,自己是来通知他的。她还说,她找两三个人问过新治家的地址,为了不招人怀疑,每次都把装了钱的纸包拿出来给人看。

青年放心地舒了口气。他微笑时,雪白的牙齿就美丽地呈现在黑夜里。由于是赶路而来,少女的胸脯在剧烈地起伏,令新治想到海面上那深蓝而丰盈的浪涛。从今早直至现在的苦闷忧愁都化解了,他找回了勇气:

"听说川本家的安夫要给你家做上门女婿,是真的?"

这句质问,流畅地从青年嘴里迸了出来。少女笑出了声。笑声越来越剧烈,变成了边呛边笑。新治想让她停下,可她并没止住。他伸手扶住她的肩膀,手搭上去的力气并没有多大,可初江却瘫坐到了沙滩上,还在笑。

"你怎么了?怎么了?"

新治蹲在一旁,摇晃着她的肩膀。

少女这才收住了笑意,从正面直勾勾地注视着青年的面庞,不禁又笑了。新治将脸凑近,又问:"是真的?"

"你傻不傻?那是天大的胡扯。"

"可是,大家确实都在议论呀。"

"我都说了,是天大的胡扯。"

二人抱着膝盖,坐在渔船的黑影里。

"哎哟,真难受。我笑得太厉害了,这里笑得好难受。"少女按着胸脯说。她身上穿着褪了色的条纹工作服,胸口正剧烈起伏。

"这里都开始痛了。"初江又说了一遍。

"没事儿吧?"新治没多想,手放在那儿问道。

"你替我按过以后,就舒服点儿啦。"少女说。新治的心也剧烈地跳了起来。二人的脸颊已经很近了。他们能闻到对方的味道,一种潮水般强烈的气息。他们感受到了对方的灼热。两人干燥开裂的嘴唇碰到了一起,味道有些咸。好像海藻一样,新治心想。那个瞬间过后,这生下来头一次的经验所带来的愧疚,让青年赶忙起身离对方远远的。

"我明天打鱼回来后,就去给灯塔长家送鱼。"新治看着大海,一副煞有介事的模样,颇有男子气概地宣布。

"我也要去灯塔长那儿,在你前头。"少女也看着大海宣布道。

二人分别向着渔船的两头迈出脚步。新治打算直接回家,却注意到少女还在船背后并未现身。可是,落在沙滩上的影子却在告诉他,她正躲在船头处。

"你那影子看得清楚着呢。"青年提醒道。结果,只见身着粗条纹工作服的女孩儿如一只小兽般蹦了出去,头也不回,一溜烟地顺着海边跑远了。

第六章

次日，新治捕鱼归来，手上拎着两条五六寸长用稻草绳从鳃部穿过的虎鱼，朝灯塔长家走去。爬到八代神社背后时他忽然想起，还没有好好地祷告感谢神明及时赐予的恩惠，于是又绕到神社正面，奉上了虔诚的祈祷。

祈祷过后，新治眺望着月色倾洒下的伊势海，深深地呼吸。海面上浮着好几朵云，仿佛远古时代的众神。

青年感觉到了，环绕在他周身的丰饶的自然和他之间有着无上的和谐。他深呼吸，仿佛构成自然界的肉眼不可见的一部分浸润了他肉体的深处；他所听到的浪涛声，仿佛是海洋里巨大潮流的涌动，此刻正和流动在他体内年轻的血液相互和着拍子。在每一天的生活里，新治并不需要什么音乐，这一定是因为自然都直接满足了他对于音乐的需求。

新治将虎鱼拎至眼前，对着其中一条那长满了刺的丑陋样子伸了伸舌头。鱼明显是活着的，但却没有动弹。于是新治戳了戳鱼的下巴，让一条鱼在空中翻腾。

青年就这样磨磨蹭蹭，舍不得那幸福的相会来得太早。

灯塔长和夫人对于新来的初江都抱有好感。原本见她话少，以为她不够惹人喜爱，她却突然笑得可爱又动人；看着愣愣的，却懂事得很。每到礼仪课临结束时，其他女孩子都还没什么反应，就只有初江最先将众人喝过的茶盏收拾好，还会顺便把夫人的其他需要洗刷的碗碟洗好。

灯塔长夫妇有个女儿在东京上大学，只有放假时才回来，作为替代，他们就把村里这些经常过来的姑娘当作亲闺女般看待。他们发自内心地替姑娘们着想，姑娘们幸福，他们也像自己的喜事一样开心。

三十年的灯塔生活让灯塔长养成了强硬的作风，再加上村里的顽童们偷偷溜进灯塔探险时,他怒斥的声音总是出奇地大,所以孩子们都怕他,但他是个十足的好人。孤独让他完全没有心思去相信人会有恶意。在灯塔里,最好的馈赠就是来访的客人。

客人长路迢迢地到访这座人迹罕至的灯塔,不可能还在心中藏着恶意,而且但凡被奉为稀客,受了真情实意的款待,无论什么人,心里的恶意也都被抹去了。其实就如他常挂在嘴边的那句话——"恶意不会像善意那样不远万里"。

夫人也是个很好的人,她以前在乡下女校当过教师,漫长的灯塔生活更是日渐培养了她读书的习惯。无论哪方面,她都拥有如同百科全书般的知识。她知道斯卡拉歌剧院在米兰,还知道东京的电影女星最近在某某地方崴了右脚。她能辩赢丈夫,然后又专心去替丈夫补袜子或张罗晚餐。有客人来时,她就聊个不停。村里曾有人听这位夫人的高谈阔论听得入了迷,跟自己那沉默寡言的老婆比较过后,竟还多此一举地同情起灯塔长来,不过灯塔长本人对于妻子的学识一直都很敬佩。

这栋分配的宅子有三间平房,一切都如同灯塔内部一样,整齐干净。柱子上挂着船运公司的月历,茶室内,地炉里的灰总是理得很平整。即便女儿不在家,客厅角落里她的小桌上也还摆放着法国人偶,空的蓝色玻璃笔盘折射着阳光。浴室在房子背后,燃料是灯塔的机油残渣转化而成的煤气。跟邋遢的渔夫们的家不同,在这里,就连厕所门口的擦手巾都永远是那种刚洗过的、清爽的蓝。

每日大半的时间,灯塔长都在地炉旁,吸着插在黄铜烟嘴里的"新生"牌香烟。白昼里,灯塔毫无生气,只有一名年轻的灯塔作业员在值班小屋通报往来船只。

这一天快傍晚时,明明不是礼仪班开课的日子,初江还是用报纸包了海参作为伴手礼上门来了。她穿一条藏青色哔叽布裙子,肉色纯棉长筒袜外面又套了红色短袜,毛衣还是之前那件大红色的。

"穿藏青色裙子的时候,袜子还是配黑色才好。初江,你不是有黑色袜子吗?之前你还穿来过的。"刚进屋没多久,夫人就爽朗地对她说。

"嗯。"初江的脸有些红,在地炉旁坐下。

在礼仪课上,夫人都是用一种讲课的语气说话,女孩们坐着仔细地听，但这时候夫人没使用上课时的那种口吻，而是和初江坐在炉边用轻松的语气聊起了闲天。她先是和这名年轻的姑娘聊了一通恋爱的道理，又问她有没有喜欢的人。小姑娘忸忸怩怩，就连灯塔长也时不时地问出一些令她脸红的问题。

天色开始转暗，夫妇二人再三挽留她，请她吃了晚饭再走，初江回答说，老父亲一人在家等着，她得回去，还主动提出要帮灯塔长夫妇准备晚餐。之前她连摆在面前的点心都不吃，只是脸通红地低着头，可一进厨房忽而就活泼了起来。她说昨天从伯母那里学了首岛上的传统歌谣，是盂兰盆会跳舞时唱的伊势民谣，随后就边切海参边唱了起来。

　　木柜、木箱、木盒子，
　　这些都让你带走，
　　千万莫想再回头。
　　娘呀、我说呀、那可使不得，
　　东边阴了要刮风，
　　西边阴了要下雨，

就连那千石的大船,

若是风向变了哟,哟咿哟,

那也得回头。

"欸,我来这岛上三年了都没记住这首歌,初江,你都已经记住啦。"夫人说。

"因为它跟老崎那边的歌挺像。"初江说。

这时,昏暗的屋外传来脚步声,黑影里有人打招呼。

"您好。"

夫人从厨房的小窗探头出去。

"这不是新治嘛。哎哟,又是鱼,谢谢你。孩子爸,久保家送鱼来喽。"

"谢谢你每次都送东西来。"灯塔长坐在地炉旁没动,"进屋吧,新治。"

就在这往来的招呼声里,新治和初江的目光相对了。新治浅浅地笑了,初江也莞尔一笑。夫人突然回过头来,将二人的微笑看在了眼里。

"你俩认识?也是,毕竟是个小村子。那更好,新治呀,快进屋。哦……对了,千代子从东京来信时,还专门问你好不好呢！新治，千代子该不会是喜欢你吧？她马上要放春假回来了，到时候你可要来玩儿。"

这一句话，让正打算进屋的新治手足无措了。初江转身朝向水池，没有再回头。青年退回了暮色中，任凭怎么劝也不进屋，远远行了个礼就转身走了。

"孩子爸，新治这孩子脸皮还挺薄呀。"夫人一直带着笑，说道。那笑声独自飘荡在屋内，灯塔长和初江都没有搭话。

新治在过了女人坂的地方等初江。

转过这个弯，落日残存的光线又稍微照亮了灯塔周边的昏暗。松树的黑影层层叠叠，眼前的海面上洒满了夕阳最后的余晖。今天，海上头一次刮起了东风，哪怕到了傍晚，风也并不刺骨。转过女人坂后，就连这风也停了，眼前所见就只有薄暮里沉静的光芒，透过晚霞的间隙流落而下。

在大海的对面，紧挨歌岛港的一片不长的岬角延伸开来，尽头处断断续续高耸着几座岩石，撕扯出雪白的浪花。岬角一带尤为明亮。一棵赤松赫然盘踞在最高处，树干沐浴着夕阳的余光,映在青年那视力出色的眼里。突然,树干失去了光辉。再往上看,苍穹中,云彩泛着乌黑,星光开始在东山的尽头闪耀。

新治将耳朵贴在岩石的一角,听见零碎的脚步正顺着灯塔长家门口的石阶路往这里来。他起了玩心,打算藏起来吓唬初江。可是,待那惹人怜爱的脚步声越发靠近,他却又担心吓着姑娘,反倒为让对方知晓自己的位置而吹起了口哨,就是方才初江所唱的伊势民谣的一段。

……
东边阴了要刮风,
西边阴了要下雨,
就连那千石的大船,
……

初江转过了女人坂,可就像根本没注意到新治在那儿似的,步伐丝毫未乱地走了过去。新治追在她后面。

"欸——欸——"

就这样,少女还不回头。青年无可奈何,只得不吭声地跟在少女身后。

道路被松林包围,变得黑暗而险峻。少女用一支小手电筒照着前路行走,步伐慢了下来。不觉间,新治已赶到了前头。伴随着一声轻叫,手电的光就如同展翅的小鸟一般,忽然朝松枝的梢头飞去了。青年敏捷地转身。然后,他抱起了摔倒在地的少女。

虽说现在这般情形也是外界情况造成的,可刚才躲在半路、口哨暗示以及跟在她身后,全都显得自己有些品行不端。青年内心羞愧,扶起了初江后,并未试图重温昨日的亲密,而是如兄长一般体贴地为少女掸去身上的尘土。尘土多半是干燥的沙子,很快便被掸落了。万幸的是初江好像没受伤。其间,少女就像个小孩子一般,手搭在青年结实的肩膀上一动不动。

初江寻找着从手中掉落的电筒,发现它正横躺在二人背后的地上,铺开一片淡淡的扇形的光。那片光里铺满了松叶,岛上黄昏深邃的黯淡包围了这一点微明。

"原来在这儿呢。可能是我摔倒时给扔到后头去了吧。"少女开朗地笑了,说道。

"你刚才气什么呢?"新治严肃地问。

"气千代子的事情呀。"

"傻。"

"其实没什么是不是?"

"什么都没有。"

二人并肩走着,新治拿起手电,就像领航员一样把每一处不好走的路指了出来。没什么话题可谈,嘴笨的新治就结结巴巴地自说自话。

"我呀,想用劳动存下的钱买一艘机动帆船,跟我弟两人一起去运纪州的木材和九州的煤炭,好让我妈过上舒服日子。等老了,我也回岛上来享福。不管航行到什么地方,我都不会忘记这座岛。我要让岛上的景色成为全日本最美(这一点歌岛的岛民全都相信),而且,要让岛上的生活比任何地方都安宁、幸福。我要跟大家一起努力。要不然,就没有人会再想起这座岛了。不管在什么时代,坏毛病都会在到达这座岛之前消失。这大海呀,只会送来岛上需要的纯粹的好东西,会保护留在岛上的纯粹的好东西,所以岛上才连一个小偷都没有。不管什么时候,生活在这座岛上的人,都有真诚的心、勤劳吃苦的作风、不带虚假的爱,还有勇气,没有一点儿卑鄙的地方,都是男子汉。"

当然,青年说的话并不怎么思路清晰,有的地方甚至前言不搭后语,不过对他来说已算是少有的健谈了,居然对少女一股脑儿地都说了出来。初江没有回应,但总在不时地点头。她看上去绝没有感到无聊,脸上满是毫不虚伪的共鸣和信赖,让新治很是欢喜。在这场严肃的对话的最后,青年不希望对方觉得自己不够严肃,于是,向海神许愿时最后那句重要的话,被他有意省去了。没有任何东西阻碍他们,道路也被无尽的茂密树影所遮盖,可这一次新治没有握初江的手,更是压根儿没想过接吻的事情。昨日傍晚在海边发生的事,仿佛并非出自他们的意志,而是在外力左右下出乎意料的偶然事件一般。那样的事情是怎么发生的?他们不得其解。他们所能做的也只是一个约定——下次休渔日的午后,在观测哨见面。

从八代神社背后路过时,初江轻呼一声,停下了脚步。新治也跟着驻足。

村里一下子点起了明亮的灯,宛如一场无声又热闹的祭典开场,所有的窗户里,都有着明亮而坚定的光,有点儿像是煤油灯那种烟熏缭绕的灯火,又不大像。那些光在闪耀。村庄在暗夜里苏醒了,仿佛正冉冉升起。是拖延许久的发电机故障终于修好了。

二人在进入村子之前走起了各自的路,石板路久违地被路灯照亮,初江独自顺着它往下走去。

第七章

新治的弟弟起程参加修学旅行的日子到了。他们将用六天五夜周游京都、大阪一带。这群少年此前从未离开过岛屿,这下子他们将亲眼看看外面的广阔世界,学到新的东西。以前,小学生在修学旅行时前往本岛,在那儿第一次看见公共马车,就曾瞪圆了眼睛大叫——"哇!大狗正拉着厕所跑呢!"

岛上的孩子们凭借课本上的图画和说明,一开始了解到的是概念而非实物。电车、高楼、电影院、地铁,仅凭想象在脑海中创造出这些东西是多么困难,可一旦接触到实物,新鲜的惊奇过后,紧接着就会清晰地感受到那些概念的无用。之后在岛上度过的一年是如此漫长,他们甚至忘了电车在都市的马路上匆忙往来这类的事情。

一说要办修学旅行,八代神社的护身符就卖出去很多。母亲们自己都未曾见识过那些大都会,在她们看来,孩子们去那儿几乎等同于挑战一场生死攸关的大冒险。可死和危险明明就暗藏在他们身旁的大海里,在他们每日的营生里。

宏的母亲咬牙拿出两个鸡蛋,做了一份鲔咸的玉子烧便当,还在包的深处塞了奶糖和水果。

只有在这一天,摆渡船神风丸会专门在午后一点从歌岛出发。那是艘不足二十吨的小汽艇,固执而老练的船长憎恨一切打破常规的事物。然而他自家孩子参加修学旅行那年,他听说,船如果太早到达鸟羽,孩子们在等候火车时还得另花钱打发时间。于是从那一年开始,他终于不得已听从了学校的安排。

神风丸的船舱里和甲板上,都挤满了挎着水壶和包的学生,背带在他们的胸前交叉成一个十字。带队老师看着挤满了码头的母亲们,心里直发怵。在歌岛村,母亲们的意向左右着教师的地位。有个教师被母亲们打上共产党的烙印驱逐出岛，而另一个颇具人气的教师，把女教师的肚子都弄大了，居然还能高升成为代理教务主任。

　　这是个春意盎然的午后，船缓缓起航，母亲们声声呼唤自家小孩儿的名字。这帮小孩学生帽的帽带扣在下巴上，他们估摸着岸上人此时已经看不清楚自己的脸了，便朝着港口大叫着"傻瓜""喂——大笨蛋""臭狗屎"玩闹。船满载着黑色校服，将那些徽章和金色扣子带向远方。即便是大白天，家里也黑漆漆的。宏的母亲坐在草席上，想到两个儿子不久就要抛下自己出海远航，哭了起来。

　　珍珠岛旁边的鸟羽港码头上，刚把学生们放下的神风丸立刻找回了那份悠哉的乡土气质，开始了返航歌岛的准备。老旧的蒸汽烟囱上盖着水桶，船头靠内的一侧以及栈桥上挂着的大鱼篓子上，都映照着波光。库房面朝大海而建，上面用白漆写着大大的"冰"字。

　　灯塔长的女儿千代子拎着一个大大的旅行包，站在埠头的角落里。这位姑娘不喜与人交往，如今即将久违地回到岛上，她很是抗拒岛上的人跟自己搭话。

　　千代子从来不化妆，再加上一身朴素的深棕色套装，看起来就更不显眼了。这种低调的、眉眼和鼻梁的线条粗犷又爽朗的面容，或许会有人为之心动，可千代子却总是表情阴沉，一直固执地认为自己并不美。到现在为止，这就是她在东京的大学校园里学到的"教养"所带给她的最显著的成果。那是一张世间极为常见的脸，偏执地认为那不美，也许和偏执地将其视作美貌一样，都很没有必要。

她那为人和善的父亲其实也在不自觉中对千代子这种阴郁的固执起了推波助澜的作用。正是因为父亲的遗传，自己才生得这般丑陋——千代子对此表现出了露骨的悲伤。于是，为人耿直的灯塔长就曾在待客时诉苦说过下面这番话，虽然女儿当时明明就在隔壁。

"真是头痛。女儿大了，因为自己没有姿色而烦恼，这全都因为我这当爹的太难看，我也觉得自己有责任，不过这也是命啊。"

有人拍自己肩膀，千代子回头。川本安夫穿着锃亮的皮夹克，笑着站在一旁。

"欢迎回来，放春假了？"

"嗯，昨天考完试了。"

"回来找妈妈要奶喝？"

安夫受父亲所托来办商会的事情，昨天去了趟位于津市的县政府，晚上住在鸟羽亲戚家开的旅馆，正要搭这趟船回歌岛。他很得意自己能让东京的女大学生听听自己的口音是这么标准。

从这个跟自己同龄又通达世故的少年身上，千代子感受到了男人自大地以为"这女人对我有意思"时的那种快活。有了这种感受之后，她就更加气馁了。又来了，她想。或许那些在东京看过的电影和小说给了她一定的影响，她也想见识一下哪怕一次男人"我爱你"的眼神是什么样子，但她坚信自己应该一辈子都看不到了。

神风丸上传来了一声扯着嗓子的叫喊。"欸——被褥还没到呢，快去看看！"

不一会儿，就看见岸上一个印着蔓藤花纹的硕大被褥包裹被一个男人扛了过来，库房的黑影洒在了半个包裹上。

"发船的时间已经到啦。"安夫说道。他从岸上跳上船，又伸手拉过了千代子。千代子感觉他那如钢铁般的掌心，和东京那些男人的不一样。但是透过这掌心，千代子所想象的，却是新治那从未牵过的手。

顺着小小的天窗式入口，能看到昏暗的船舱内，横七竖八地躺在草席上的那些人，缠在他们头上的白毛巾，眼镜的镜片偶尔的反光，这些光景在已熟悉了外界光线的眼睛里，显得更加暗淡而混浊。

"还是在甲板上吧。冷是冷了点儿，但还是这样比较好。"

为了避风，安夫和千代子就倚着桥楼背面的绳索圈坐下。

"喂，屁股稍微起来下。"一个木讷的年轻船长助手说着，从二人身下抽走了一块板。他们坐在遮盖船舱入口的门板上了。

桥楼的油漆已斑驳起皮，露出了底下大半的木纹，船长在那儿敲响了钟。神风丸起航了。

二人任老旧的马达颠簸着身子，眺望着渐渐远去的鸟羽港。安夫本想对千代子透露昨晚偷偷找女人的事情，不过还是放弃了。若是其他普通的渔村，懂得玩女人这种事情必定是值得炫耀的谈资，但在民风淳朴的歌岛，安夫不敢多话，年纪轻轻就学会了伪装。

看到海鸥飞得比鸟羽站前方缆车的铁塔还高时，千代子正默默在心里打赌。内向踌躇、没能在东京完成任何冒险的她，每次回岛上时，都祈求能有什么了不起、能完全改变自己世界的事情发生。船在距离鸟羽很远时，海鸥就算飞得不怎么高，也能轻易高过远处渺小的铁塔。但眼下，铁塔还高高地耸立着。千代子的眼睛凑近了红色真皮表带的手表的秒针。接下来的三十秒里，如果海鸥飞得比它高，那么一定会有好事在等她。五秒过去了。一只海鸥追着船而来，它忽然高高地飞起，翅膀越过了铁塔不停拍打。

趁自己的微笑尚未招致怀疑，千代子开口了："岛上有什么新鲜事没有？"

船在前行，坂手岛在它右侧。安夫的香烟已经短得快烧着嘴唇了，他将其在甲板上摁灭后才回答："没什么特别的……哦对了，发电机坏了，一直到十天前村里都用的煤油灯。现在已经修好了。"

"我妈在信里也是这样写的。"

"是吗？其余算得上新闻的……"

他对着春光满溢的海面，眯起了眼睛。大约十米远处,海上保安厅那艘纯白色的鸭丸正驶向鸟羽港。

"对了。宫田家的照老爷子把他女儿接回来了。叫初江,是个大美人。"

"哦。"

听到"美人"这个词,千代子的脸色阴沉了。只是这一个词,在她听来就已经是对自己的责难。

"照老爷子挺中意我,我又是家里的老二,村里人都在议论,说我要娶初江,做上门女婿了。"

没过多久,菅岛到了神风丸右边,答志岛在其左边。一旦出了这片被两座岛包夹的海域,任是再平和的天气里,肆虐的海浪也会让船身嘎吱作响。从这一带开始,就有鱼鹰时时在波浪间游荡。大洋之中,可以看见浅海区密布的礁石。安夫皱起眉头,不去看它们。这是关于歌岛唯一的屈辱记忆——为了这里的浅海渔业权,歌岛的青年们抛洒过热血,但权利还是归了答志岛。

千代子和安夫起身,视线越过低矮的桥楼,等待小岛出现在海面上。歌岛总是会跃出海平线,显露出那朦胧、神秘如头盔般的轮廓。船在波涛上倾斜,那头盔便也跟着倾斜了。

第八章

　　休渔的日子一直没到来。宏出去旅行的第二天,足以休渔的风暴终于侵袭了小岛。拜它所赐,岛上为数不多的一些正待绽放的樱花花蕾,恐怕要尽数夭折了。

　　一天前,潮湿的风突如其来地纠缠起船帆,天空布满了奇异的晚霞。浪潮滚滚而起,海边响彻轰鸣,海蛆和西瓜虫都拼命爬上了高地。半夜吹起了夹带着雨水的狂风,听上去既像哀嚎又像吹哨,从海上,从天上,钻进了人们的耳朵里。

　　新治在床上听见了那声音,就知道今天要休渔。这个天气,修理渔具或者编织渔网都不行,恐怕青年会的驱鼠作业也做不了。

儿子有一颗体贴的心,不愿吵醒酣睡中的母亲,就那么一直躺在床上,等待窗外泛白。屋子摇得厉害,窗户也在发出声响。不知是哪里的锡皮板发出了刺耳的倒地声。歌岛上的房屋,无论大宅子还是新治家那样的小平房都是一样的构造,进门后的玄关是泥土地面,左边是厕所,右边是厨房。厕所那发霉、冰冷、带着冥想意味的味道在暴风雨最狂躁时无声地弥漫,在拂晓时占据了整个屋子。

正对着隔壁土墙仓库的窗户很久才透出白光。他仰头看着暴雨吹打在屋檐上,又顺着窗户玻璃倾注而下。休渔日同时剥夺了劳动的喜悦和收入,他以前对此憎恨不已,可今天却感觉像是一个盛大的节日。这不是有蓝天、国旗和闪耀的金珠装饰的节日,而是由暴雨、汹涌的波涛、狂风掠过垂折的树梢时的叫嚣来装点的节日。

青年再也等不及了,他从床上跃起,套上破了许多洞的圆领黑色毛衣,穿上裤子。过了一会儿,母亲醒了,她看着这个站在微亮窗前的男人的黑影大叫起来:"哎哟,谁呀?"

"是我。"

"别吓唬人。今天这大风大浪的,你还要去打鱼?"

"今天不打鱼。"

"不打鱼,你多睡会儿不好吗?吓死我了,我还以为进生人了呢。"

母亲醒来后的第一印象并没有错。儿子今早看起来确实像一个她从未见过的人。平时很少开口说话的新治,居然大声唱起了歌,一会儿又吊在门楣上做出类似机械体操的动作。

"外头闹腾,家里也闹腾。"

母亲不懂儿子为何这样,责备他会把房子弄坏,发了这么一句牢骚。

新治再三看向已被烟熏黑了的挂钟。他有一颗不善猜疑的心,根本不曾疑虑面对这样一场暴雨,一个女人还能否守约。青年的心一直缺乏想象力,不安也好,喜悦也好,他都不懂得借助想象的力量将之放大、使之繁杂,进而让愁闷帮他打发时间。

相思难耐之时,他就披上橡胶雨衣跑去看海。因为他觉得,只有海会与他无言地对话。巨浪高高地在防波堤上空扬起,发出可怖的轰鸣,随后又溃退下去。得益于昨夜的暴风雨警报，所有的船都被拉到了比平常高出许多的地方。巨浪退却时，码头内的水面倾斜成陡峭的角度，仿佛要把海底裸露出来。飞溅的浪花里夹杂着雨滴，肆无忌惮地拍打新治的脸。火热的脸上，水沿着鼻梁流下，那浓烈的咸味让他想起了初江嘴唇的味道。

云层飞驰涌动，昏黑的天空里，明暗疾速交替。天空的最深处，偶尔能看见有云朵蕴含了不透明的光亮，仿佛在不时地预言着晴朗。然而那些景象很快就又被抹去。由于新治的注意力都被天空所吸引，没有留意海浪的临近，打湿了木屐上的带子。一只小巧而美丽的粉色贝壳落在了新治脚边，应该是刚才的浪送过来的。他将其拾起，发现贝壳的形状十分完整，薄而纤细的边缘没有一丝破损的痕迹。青年想要把它当作礼物，于是收进了口袋里。

刚吃完午饭，他就做起了外出的准备。母亲一边洗碗，一边盯着儿子再次消失在暴雨中的身影。她刻意没追问去处，儿子的背影里带着一种不容追问的力量。她后悔自己没生一个女儿，那样就有人能常在家陪着自己，并能分担家务了。

男人们出海捕鱼,乘坐机动帆船将货物送至各个港口。与那个广阔世界无缘的女人们,就做饭、打水、捞海藻,等夏天来了就潜水,一直下到幽深的海底。母亲在海女里也算老手,她明白海底那种泛着微弱光亮的世界是女人们的世界。一个连白昼都昏暗的家、分娩时黑暗的苦痛、海底的黯淡,这是一连串相互关联的世界。

母亲想起前年夏天,有一个和她一样的寡妇,带个奶娃,身体柔弱。她在海底捞完鲍鱼上来后,正烤着火就突然昏倒了。那女人翻着白眼,紧咬着发青的嘴唇倒在地上。黄昏时分,海女们在松树林里焚烧她的尸体时,悲痛过度到站也站不稳,蹲在泥巴地上哭泣。

诡异的流言传播开来,有些女人开始害怕潜水。她们说,死去的女人是因为在海底看了不该看的可怕的东西,这才遭了报应。

新治的母亲对流言嗤之以鼻,她潜进了更深的海底,捞的海物比谁都多。她一直都是那样,绝不会为了未知的东西烦心。

……那些回忆并没有刺伤她。天生的开朗使她为自己的健康而骄傲,像儿子一样被户外的暴风雨唤起了愉悦之情。洗完餐具后，她借着吱呀作响的窗户投下的昏暗光线，撩起下摆将腿探出来，仔细地打量起来。经历了充分的日晒，这大腿极其饱满，没有一丝皱纹，丰润隆起的肉放出宛如琥珀色的光泽。

"看来，我还能再生三五个孩子。"

想到这里，她贞洁的内心有了一丝惊惶，赶忙整理好装束，拜了拜丈夫的牌位。

雨水在向着灯塔攀登的路上汇成了激流，冲刷着青年的脚步。松树的梢头呜咽着。青年穿着橡胶长靴，举步维艰。他没有打伞，能感觉到雨水打在剃了短发的头皮上，流进了衣领里。但青年仍然昂首面对暴风雨，一路攀登。他并不是要对抗风暴，正如他被自然的宁静包围时会感到平静的幸福，自然现在的狂躁也与他内心的感受难以言喻地和谐。

自松林间俯视海面，层层雪白的浪潮仿佛正在互相推搡着前行。就连海角最前端高耸的礁石，都不时地被海浪淹没。

转过女人坂，可以看见灯塔长家的平房已关了窗，拉起帘，在暴风雨里俯下身躯。他走上通往灯塔的石阶。今天值班小屋的门紧闭着，看不见作业员的身影。镶有玻璃的门被飞溅的雨花打湿，不住地发出声响。门的内侧，一架望远镜面对着紧锁的窗户，茫然伫立。办公桌上摆着因为漏风而被吹乱的材料、烟嘴、海上保安队员的帽子、花里胡哨地印着新式船只图片的船运公司月历，柱子上挂着钟表，柱钉上随手挂着两把大三角尺……

青年抵达观测哨时，连内衣都已湿透了。在这荒凉的地方，暴风雨更是变本加厉。这里接近岛屿的最高点，周围又没有任何阻挡，暴风雨在空中肆无忌惮、飞扬跋扈。

这座废弃建筑的三面都是大开的窗口，完全不防风，反倒像是要将风雨引进室内，任其乱舞。从二楼眺望窗外太平洋宏大的景观，视野虽受雨云遮挡，但仍能感受翻涌起白色浪花的汹涌波涛，海浪的边际没入阴暗的雨云里难以辨识，反而使人联想到无尽的激荡。

新治顺着外侧的楼梯往下，瞧了瞧之前来替母亲拾柴的一楼，结果发现那儿正是个避风的好地方。这一层原先似是用于置物，有两三扇极小的窗，其中只有一扇的玻璃破损了。原先成捆堆积的松枝看来已分别被人取走,只在角落里还剩下四五捆。

简直像牢房一样,新治嗅着发霉的味道心想。紧接着,避开风雨之后,他忽然就感到了浑身湿透所致的冰寒,打了个大大的喷嚏。

他脱掉雨衣,在裤子口袋里找火柴。海上的生活教会了他出门总要带火柴。在摸到火柴之前,指尖先触碰到了今早海边捡来的贝壳。他将其取出,放在从窗户射进来的光线里。粉红的贝壳闪着温润的光,仿佛还带着潮水的湿润。青年很满意,再次把它放回口袋里。

受潮的火柴不好点。他找了一捆柴拆开,将枯松枝和柴火在水泥地面上堆好,待孱弱的火苗变成小小的火焰放射出光亮,室内早已满是黑烟。

青年脱下湿漉漉的裤子,挂在火堆旁晾干,然后他在火旁抱膝而坐。剩下的就只是等待了。

他等了很久,没有一丝不安。为了打发时间,他还将手指伸进自己黑毛衣的各处破洞,把它们撑开。渐渐暖和的身体和室外风雨的声音让青年的意识开始混沌,他沉浸在无可置疑的真诚本身所带来的幸福里。他没有足够的想象力去猜测女孩有可能失约的原因，所以没有烦恼。等着等着，他就头靠在膝盖上睡着了。

……新治醒来，眼前是全然不见颓势的火焰。火焰的另一边，站着一个他很陌生的模糊身影。新治怀疑他是在做梦。一名赤裸的少女正俯下身子，借火焰烘干她白色的内衣。她用两手将内衣低低地拎着，上半身就整个裸露了出来。

明白这确实不是梦之后，新治动了一点儿歪脑筋，他想要继续装睡，同时眯眼偷瞧。他一动不动地打量着初江，她的身体太过美丽。

海女习惯于出水后用火烤干身子，因此初江是下意识就这么做了。而当她抵达相约的地点时，看到这里有火，男生也睡着了，所以她才像孩子般一拍脑门儿，决定趁他熟睡时赶快烘干衣物和身体。也就是说，初江并非有意在男性面前裸露，不过是凑巧只有这里有火，于是她就在火面前脱掉了衣服，仅此而已。

新治若是对女人有经验，就必然能够看出，这片被暴风雨包围的废墟里,立于篝火的火焰另一边的初江的裸体,确凿无疑是处女的身体。她的肌肤绝不算白皙,因海潮反复洗礼而光滑紧实,一对乳房坚挺小巧,仿佛都很害羞似的相互背过了脸,在可承受长时间潜水的宽宽胸脯上,扬一对玫瑰色花蕾。新治怕被识破,眼睛只睁开了一点点,这才得以透过几要触及水泥屋顶的火焰,在火光摇曳中,看那轮廓模糊的身影。

可青年一个不经意的眨眼,让经火光放大后的睫毛阴影在脸颊上瞬间动了动。少女立刻拿还未干透的白色内衣遮住胸口,大叫了起来:"别睁眼!"

老实的青年紧紧地闭上眼睛。他一琢磨,继续装睡的确不对,可睡一觉后醒来也不是什么过错。他从这光明正大的理由中获得了勇气,又大大地睁开了那双黝黑明亮的眼睛。

少女不知所措,她还没想到该穿上内衣,又发出了一声尖锐而清脆的叫喊:"别睁眼!"

可青年已经不打算闭眼了。打出生起他就看惯了渔村里女人们的裸体,但所爱之人的裸体却是第一次看。而且,他不能理解为何仅仅因为赤裸,就会让初江和自己之间有了隔阂，连平常的打招呼和亲密的靠近都变得困难。他凭着少年气十足的率真站了起来。

青年和少女隔着火焰面对面地站着。青年朝右挪一下，少女便也往右边躲一下。就这样，篝火总在二人中间。

"你跑什么呀？"

"多难为情呀！"

青年并没有说出"那你就把衣服穿上"这种话，因为他想看她现在的模样，哪怕就多看一小会儿。他不知该如何继续对话，就孩子气地问对方："那要怎么样，你才不难为情？"

结果少女的答案着实天真，也令人出乎意料。

"你也脱掉衣服，就没什么好难为情了。"

新治很是为难，但也只踌躇了一下，就一声不吭地脱起了圆领毛衣。少女会不会趁自己脱衣服时跑掉？他不大放心，就连毛衣在眼前划过的瞬间都没放松警惕。他迅速将衣物脱下扔掉，身上只剩一块腰布站在原地。青年赤裸的身体要比穿着衣服的样子美得多。可新治的心思全在初江那儿，以至于完全忘记了羞耻，这样问道："这下不难为情了吧？"

面对他语气强烈的质问，少女为了开脱而给出了出乎她自己意料的回答，甚至都未察觉话里的可怕之处："还难为情。"

"为什么？"

"你又没脱光。"

火焰照耀之下，青年的身体因为羞耻而通红，似有话要说出口却又堵在了喉头。新治向前逼近一步，脚尖几乎要戳到火里。他死死盯着光影摇曳中少女白色的内衣，勉强挤出了一句话："你把它拿开，我就脱。"

此时，初江不禁笑了。这笑容意味着什么？新治，甚至初江自己都没意识到。少女一把将遮挡在胸前直至下半身的白色内衣甩到身后。青年见状，保持着如雕像般的雄姿，一边注视着少女闪烁着火光的眼睛，一边解开了腰布的带子。

暴风雨就在这个时候突然逼至了窗前。在那之前，风雨也在废墟周围疯狂肆虐，但在这个瞬间，暴雨简直就像在眼前。可以想象，高耸的窗户下方，太平洋正悠然地怂恿着这持续的狂躁。

少女后退了两三步。那儿没有出口。她的后背碰到了被烟熏黑的水泥墙壁。

"初江!"青年叫道。

"你从这火上头跳过来。你如果从这火上头跳过来……"少女的呼吸急促,但声音却清澈富有弹性。裸体的青年并未踌躇。他脚尖发力,方才火光映照下的身体,猛然就冲进了火焰里。下一个瞬间,那身体已经贴在了少女身前。他的胸膛微微触碰到了乳房。"就是这种弹性——就是我之前想象中的,红毛衣下的那种弹性。"青年感动地想着。二人抱在一起。是少女先软绵绵地瘫倒在地。

"松叶上,好疼。"少女说。青年伸手拿过那件白色内衣,想将其铺在少女身下,可少女拒绝了。初江的双手没打算拥抱青年。她膝盖蜷起,双手将内衣握作一团,就像一个从草丛里抓住了虫子的孩子般,坚决地用它来保护自己的身体。

初江说了含有道德的话:"别,别……姑娘嫁人之前不可以做那种事。"

青年犹豫了,回应也有气无力:"不管怎么样都不可以?"

"不可以。"少女闭着眼说,语气中满是告诫和劝解,十分坚定地告诉他,"今天不行。我,已经决定要当你老婆了。在我嫁给你之前,不管怎么样都不可以。"

对于道德上的种种,新治的心里有着混沌的虔诚。最重要的是,他之前没和女人在一起过,此时才感觉似乎触碰到了女人这种道德的核心。他没有强求。

青年的手臂环抱住少女的身体,二人相互倾听对方裸体的悸动。长久的接吻折磨着无法满足的青年,可从某个瞬间开始,这种痛苦竟转化为了难以形容的幸福感。篝火小了一些,火星不时飞溅。那细微的声响,还有狂风从高耸的窗外掠过时的呼啸,在二人听来全都融入了对方的悸动里。于是新治感觉到了,这永恒无尽的沉醉心境和户外纷扰的浪潮轰鸣,以及风摇晃树梢发出的声响,正在大自然那高昂的声势中一同起伏。这种心境里,包含了永不终结的纯净的幸福。

青年站到一旁。他的嗓音沉着而具有男性魅力:"今天,我在海边捡到一个漂亮的贝壳,想送给你,就带来了。"

"谢谢。快让我看看。"

新治回到被自己脱下扔在一边的衣服那儿。在新治开始穿衣服的同时,少女也安然地将贴身衣物穿好,整理仪容,一切都发生得很自然。

青年拿着美丽的贝壳,来到已经穿戴完毕的少女身旁。

"哇,真好看。"

少女饶有兴致地观赏着映照着火光的贝壳,然后将贝壳凑到头发上:"好像珊瑚一样。不知道能不能做成簪子?"

新治坐到地上,身体靠近少女的肩膀。有衣物在身,二人放松地接了吻。

……回去时,风雨尚未收敛,之前为避开灯塔里的人,二人已习惯了在抵达灯塔前各走各路,这次新治没有照办。他护送初江,走了灯塔背后相对好走一点儿的下坡路。行至灯塔,风吹打着石头台阶,二人依偎着顺阶而下。

千代子回到岛上父母身边,第二天就苦于无所事事。新治也没来看过她。那个礼仪班还在办,村里的姑娘们来了，当得知其中的生面孔就是安夫所说的初江时，千代子便觉得初江那张带有乡土气息的脸比岛上人说的还美。这就是千代子身上令人不解的优点。但凡有些自信的女人，都是不断从别的女人身上挑毛病，可千代子却比男人还耿直，她认可所有女人身上一切种类的美，自己除外。

千代子是不得已才学起了英国文学史。维多利亚时代那些有才气的女诗人——克里斯蒂娜·吉奥尔吉娜·罗塞蒂、阿德莱·德·安妮·普鲁克特、吉恩·英格洛、奥古斯塔·韦伯斯特、爱丽丝·梅内尔夫人——她对她们的作品一无所知，但就像背诵经文一般记下了她们的名字。千代子擅长死记硬背，她甚至连老师打的喷嚏都记在了笔记里。

母亲总是在女儿身边，从她身上获取新的知识。去念大学是千代子自己的志愿，但却是母亲的热切支持打消了父亲心头的踌躇。从灯塔到灯塔，从孤岛到孤岛的生活所撩拨起的求知欲，使母亲总是寄希望于女儿的生活，却从未看见过女儿内心里小小的不幸。

风势从前一晚起就渐强起来，尽职尽责的灯塔长彻夜未眠，母女二人也陪着他，所以暴风雨那天就都睡了懒觉，罕见地把当天的午饭和早饭合一顿吃了。饭后收拾完毕，受暴风雨所困的一家三口，就安静地在家中打发时间。

千代子开始怀念东京，那个即便在这种暴风雨的日子里，汽车依然往来行驶、电梯依然运作、地铁依然拥挤的东京。在那里，"自然"已可算是被征服之物，残余的自然的威力则是敌人。然而在这座岛上，所有人都将自然看作朋友，都袒护自然。

千代子学累了，于是将脸贴在窗户玻璃上，凝望着这场将自己困在室内的暴风雨。暴风雨是单调的，波涛的轰响就如同醉汉反复的言语一样使人厌烦。不知为何，千代子想起了一个流言——关于一位被自己所爱的男人强奸了的同学。那位同学迷恋爱人的温柔和优雅，也曾四处吹嘘，但从那夜之后，她爱的是同一个男人的暴力和私欲，却再未对任何人说过什么。

……就在这时，千代子看到了新治，他正紧挨在初江身旁，走下暴风雨吹打中的石头台阶。

千代子一直深信自认为丑陋的这张脸有这样的优势，

一旦它固定下来,就能够比美丽的容颜更为巧妙地伪装感情。她所深信不疑的丑陋,便是能作为面具的石膏。

她扭过头不再看窗外。地炉边,母亲在做针线活儿,父亲默默地抽着"新生"牌香烟。外面是风暴,里面是家庭。谁都没有注意到千代子的不幸。

千代子再次对着书桌翻开英文书。里面有的只是排列成行的铅字,并无语言的意义。鸟儿的幻影忽高忽低地翱翔在字里行间,刺痛了她的双眼。那是海鸥,千代子想。她觉得,回岛时那次小小的占卜,关于海鸥能飞得比鸟羽的铁塔还高的打赌,就意味着此时的这件事。

第九章

　　宏寄出的加急信到了。若是寄平信，或许他本人回岛后，信都到不了。这是张京都清水寺的明信片，上面盖着硕大的紫色参观纪念章。母亲连看都还没看就生气了，说寄加急信实在太浪费了，现在的孩子不懂得挣钱有多艰难。

　　宏的明信片上没提任何名胜古迹，写的全是头一回去电影院的事：

　　　　在京都的头一晚，老师允许我们自由活动，我立马跟阿宗，还有阿胜一起去了附近一家大电影院。那儿真气派，像宫殿一样。但是椅子又窄又硬，就像是坐在木棍子上，硌得屁股痛，根本坐不住。没过多久，后面的人就喊着让我们坐下、坐下。我就想，我们明明坐着的呀？真是怪。于是后面的人专门跑来告诉我们，那是折叠椅子，把椅垫放平就变成椅子了。我们三个人出了洋相，都直挠头。我把椅垫放平，真是软和，简直像是天皇陛下坐的椅子，我希望以后也能让妈妈在这样的椅子上坐一坐。

母亲让新治替她念明信片，听到最后这句话哭了起来。她当即把明信片供在佛龛上，强迫新治跟自己一起求拜前天的暴风雨不曾对旅途中的宏产生影响，并且一切平安，直到两天后回到岛上。没一会儿，她又像是想起来了什么似的，埋怨新治这个当哥哥的读书写字一点儿都不行，不像弟弟的脑子这么灵光。所谓的脑子灵光，指的就是能够让母亲痛快地哭出来。她赶忙拿起明信片送给阿宗家和阿胜家的人看，然后跟新治一起去了澡堂。一片蒸汽朦胧里，母亲碰见了邮局局长家老婆，她也不顾膝盖是光着的就跪在了地上，感谢人家及时送来了加急信件。

新治洗得快,在大门口等待母亲从女澡堂里出来。澡堂的房檐上是已斑驳了的五彩木雕,雾气在那里缭绕。夜是暖的,大海宁静。

新治看到前面隔着两三间房屋处站着一名男子,正仰望头顶的房檐。他两手插在裤兜里,木屐有节奏地敲击着石板。夜色之中,可以看见他身着褐色皮夹克的背影。这岛上,拥有价格不菲的皮夹克的人并没有几个。那是安夫没错。

就在新治要开口招呼的时候,安夫碰巧转过了身子。新治对他笑了笑,可安夫却只面无表情地注视着他,随后便转身走了。

新治并未将伙伴冒犯的举止放在心上,但也觉得奇怪。这时母亲从澡堂里出来了,青年就如同往常一样,沉默着同母亲一起往家走。

暴风雨过去,昨天是晴朗的一天。安夫捕鱼归来,迎接了千代子的来访。千代子说和母亲一同出来买东西,顺道来看看。母亲去了住在附近的商会会长家,所以她就独自一人来找安夫。

从千代子口中听到的话，击碎了安夫这个浅薄的年轻人的骄傲。他思考了一整夜。翌日晚上，安夫在横穿村中央的坡道旁遇见新治时正在一栋房前，查看屋檐下贴着的轮班表。

歌岛上缺淡水，旧历正月的时期最为干涸，为抢水而发生的争吵也接二连三。从村子中央呈阶梯状一路向下的石头小路旁流淌着一条细窄的河流，这条小河的源头就是村里唯一的水源。梅雨时节或者暴雨过后，小河变成混浊的急流，女人们便在河边高声谈笑着洗衣服，孩子们手工制作的木头军舰也可以完成下水仪式。可一到干涸时节，它就变成奄奄一息的枯河，就连冲走一丁点儿垃圾的气力都失却了。源头是一眼水泉，或许是浇注在岛顶的雨水经过滤后汇聚而成的。除此之外，岛上再无其他水源。

因此，村政府制定出了各家打水的轮班表，顺序每周调换。打水是女人的工作，而只有灯塔能过滤雨水，将其储存在水槽，村里每户人家能够倚仗的就只有这口泉。按照轮班表，必然有某户人家不得不忍受深夜时段打水的不便，但几周过后就可以轮到早上的便利时段了。

安夫当时抬头看的，就是张贴在村里往来人流最多的地方的轮班表。夜里两点左右的那一栏写的正是"宫田"。是初江的班。

安夫"啧"了一声。如果现在仍是捕章鱼的季节就好了，能稍晚一些出海。然而最近正是乌贼的渔期，天不亮时就得赶到伊良湖航道的渔场，家家户户都三点就起床，开始准备早饭，有些赶早的人家三点没到就升起了炊烟。

不过还好，初江轮到的不是更后面那个三点时段的班。安夫跟自己发誓，要在明天出海前将初江占为己有。

正抬头看着轮班表，如此下定决心时，他看见了站在男澡堂入口处的新治。他的心里满是憎恨，平日里的威风也忘记了。安夫快步回家，瞟了一眼客厅，收音机里传出的浪花节民歌在屋内回荡，父亲和大哥还在里头听歌喝酒。他回到二楼自己的房间，猛抽起烟来。

若依照安夫的常识判断，情况应该如下：新治既能奸淫初江，那他绝不可能是个处男。在青年会里，他总是安静地抱膝、笑眯眯地倾听他人意见。他虽长了一张娃娃脸，其实早就很懂女人的那回事儿了吧。这小狐狸！在安夫看来，新治那张脸无论如何也不像是一张表里不一的脸。这也就意味着——虽然这一想象实在令他难以接受——新治似乎正是倚仗他那无比的率真,堂堂正正地占有了女人。

那一晚,安夫为了不让自己睡过去,躺在床上不停掐自己的腿,但其实也并没什么必要。对于新治的憎恨,以及对于他领先于自己的不甘,足以使他彻夜不眠。

安夫有一块总在众人面前炫耀的夜光手表。当天晚上,他把手表戴在手腕上,裹着皮夹克,穿着裤子,悄声躺在床上。他不时将手表放到耳边听,还不时看看发出荧光的表盘。安夫觉得,光是拥有这块表,自己就拥有足够受女性青睐的资格。

深夜一点二十分时,他走出了家门。由于是夜里,海涛声听起来更高昂,月亮也格外皎洁。村子一片寂静。码头上亮着一盏路灯,村中央的坡道上亮着两盏,位于山腰的水泉那儿还有一盏。港湾里除了摆渡船,剩下的都是渔船,已不见使渔港之夜喧闹的船头灯,家家户户的灯也都灭了。黑暗而厚实的屋顶层叠着,使乡村夜色看上去颇为庄重,不过这渔村的屋顶都使用瓦片或者白铁皮铺盖,并没有茅草屋顶在黑夜里的那种有威慑感的庄严。

安夫踩着不会发出脚步声的运动鞋快步爬上石阶，从小学的操场中间穿过，成排的樱花树已开了一半。这里是最近才扩建的运动场，那些成排的树是从山上移植下来的，其中一棵树龄较浅的被暴风雨刮倒了，黑黝黝的树干在月光下横躺在沙坑旁边。

安夫沿小河爬上石阶，直至能听见泉水声的地方。路灯的光亮描画出水泉的轮廓。清澈的水从长了青苔的岩石缝中流出，石头水槽在下面将其接住，水越过水槽边缘湿滑的苔藓满溢而出，感觉不像是在流动，而像是在那些青苔的表面厚厚地上了一层釉。

树林围绕在水泉四周，猫头鹰在林深处鸣叫。

安夫藏身在路灯后方。一阵轻微拍打翅膀的声音响起，又远去。他背靠一棵粗壮的榆树，一边注视着手腕上的夜光表，一边等待着。

两点刚过，初江就双肩挑着挂了水桶的担子，出现在小学操场那边。月光清晰地勾画出她的影子。深夜的劳动对一个女儿身来说不轻松，不过在歌岛上并不问贫富，男人也好女人也好，都必须完成各自的职责。海女的劳动锻炼了初江，她很健康，非但没显出一点儿痛苦，那前后晃悠着空水桶爬石阶的身影,反倒让人觉得她在享受这份不合时宜的工作,像个孩子般欢喜。

安夫打算趁初江在泉边放下水桶时就扑上去,但又犹豫了。他定了定心,决定等初江打完水。他调整好姿势,随时准备冲出去,左手高高地抓住一根树枝,让自己一动也不动,像一尊石像。他注视着女孩那双有些冻疮的、通红的手,伴随着哗哗的水声往桶里灌水,以此幻想着她年轻而饱满的身体,令他有一种快感。

在安夫抓住树枝的那只手上,用来炫耀的夜光表放着荧光,秒针发出微弱而明晰的声响。正是那声音,惊动了树枝上蜂巢里的野蜂们,激发了它们极大的好奇心。一只野蜂战战兢兢地飞到了安夫的荧光表上。或许因为身上包裹着又滑溜又冰冷的玻璃片铠甲,这只放出微光、鸣叫规则的奇妙的"甲虫"并未令野蜂得手。于是,蜂刺又转向安夫手腕的皮肤,朝着那里狠命扎了下去。

他一声惨叫,初江一个激灵朝那边转过身。初江根本没有尖叫之类的反应,而是迅速从绳子上卸下扁担,斜斜地举着,做出戒备的架势。

安夫在初江面前现了身,就连他自己都觉得自己模样狼狈。少女保持着原来的姿势，退后了一两步。安夫感觉此时还是应该先打哈哈蒙混过去，于是像个傻子一样笑了起来。他随即开了口："你看，吓着了吧？是不是以为遇上妖怪了？"

"我以为谁呢？原来是安哥呀。"

"我故意躲起来，想吓吓你。"

"这种时候你跑这儿来干什么？"

少女还没意识到自身的魅力。其实，若仔细想想她或许就能明白了，可眼下她以为安夫藏在那里是真的只是想吓唬自己。就这一时的松懈，初江一下子被夺去了手里的扁担，右手的手腕也被抓住了。安夫的皮夹克发出嘎吱的声响。

安夫终于找回了威严，瞪着初江的眼睛。他本打算保持足够的冷静，大大方方地游说这女人，可不自觉间，他却模仿起了想象中的新治在这种时刻的坦率。

"给我听好了，如果你不照我的话去做，就有你的苦头吃。你跟新治的事，如果不想被抖出去，你就给我老实听话。"

初江脸上发热，气息也急促不安："放手！什么我跟新治的事？"

"少装糊涂。你都已经跟新治偷偷干了那事儿了。那小子，居然敢抢在我前头。"

"你别胡说。我们什么都没干。"

"我可都知道。大雨那天，你跟新治到山上干吗去了？……你看你看，脸都红了……哎，你就跟我再干一遍那事儿呗？没什么大不了的，没什么大不了的。"

"我不！我不！"

初江挣扎着想跑。安夫就不让她跑。若事成之前让她给跑了，初江一定会向她爸告状。但如果是完事之后，她应该就不会对任何人说了。安夫非常爱看城里的地摊杂志上常登的那种"被征服"的女人的自白。将难以启齿的苦恼强加给别人，这真是棒极了。

安夫终于在水泉边制服了初江。桶倒了一个，水打湿了青苔覆盖的地面。路灯照射在初江的脸上，小巧的鼻翼在耸动，眼睛没有闭上，眼白处闪耀着光。她的头发有一半都浸到了水里。安夫见对方的嘴唇猛然凑了上来，还没来得及反应，一口唾沫就啐在了他下巴上。然而初江这样的举动越发刺激了他的情欲，安夫感受着压在自己胸膛下那剧烈起伏的胸脯，脸也贴上了初江的脸。

就在这时，他又一声大叫跳了起来。是野蜂又蜇了他的脖子。

他恼羞成怒，想抓住野蜂，像跳舞似的蹦着，初江趁机向石阶逃去。

安夫很狼狈。他虽为抓野蜂而手忙脚乱，但还是再次抓住了初江，不过慌乱之中自己究竟都做了些什么，包括孰先孰后他都不清楚了。总之他抓住了初江。当他再次将那紧实饱满的身体压倒在苔藓上时，不放过任何一次机会的野蜂这次落在他屁股上，隔着裤子把刺深深扎进了肉里。

安夫刚一蹦起来，已找到逃跑门道的初江这回朝着水泉背后逃去。她在树木间穿梭，身影隐没在羊齿草丛中，一路奔跑，找到了块大石头。初江单手抓起石头，这才止住了急促的呼吸，朝下方的水泉附近望去。

在此之前，初江其实并不明白究竟是何方神仙拯救了自己。可是当她讶异地瞧着在水泉边手舞足蹈的安夫，才渐渐明白一切都是机灵的野蜂干的。在安夫徒劳的指尖前方，路灯刚好照到一只金色的小东西正拍打着翅膀飞过。

安夫似乎是终于赶跑了野蜂,呆站在原地拿手帕擦汗。他随即在附近寻找初江,可到处都找不到。他双手拢成喇叭状罩在嘴上,低声呼喊着初江的名字。

初江故意拿脚尖踩得羊齿草发出沙沙的声响。

"哎,原来你在那儿呢。下来吧。我什么都不干了。"

"不。"

"我说你就下来吧。"

见他要上来,初江就高举起石头。他害怕了。

"你干什么?多危险啊……要怎样你才肯下来?"

安夫本可以直接跑掉,可又害怕她跟父亲告发自己,于是就觍着脸继续问:"……哎,要怎么样你才肯下来?你是不是要跟你爸告状?"

没有回应。

"哎,你答应我,别跟你爸告状。我要怎么做,你才肯不跟你爸告状?"

"你打好水,替我挑回家。"

"真的?"

"真的啊。"

"照老爷子怪怕人的。"

说完这句，安夫默不作声地行动起来，仿佛在履行某种义务，那模样着实可笑。他将倒在地上的那只桶重新装满水，扁担穿过两只水桶上的绳子后挑上肩头，迈起了步子。

走了一会儿，安夫回头，发现就在大约两米开外，初江不知何时已跟了上来。少女脸上没有丝毫笑意。安夫止步，少女也止步，安夫继续顺石阶往下走，少女也往下走。

村庄仍在安静地沉睡，月光湿润了一座座屋顶。但就在二人向着村子走下一级级石阶时，已能听见四处不时传出的鸡鸣。破晓已近了。

第十章

新治的弟弟回岛了。母亲们都站在码头迎接各自的儿子。细雨自空中飘落,海面朦胧不清。码头前方百米左右,摆渡船从雾霭中现身。母亲们声声呼唤着儿子的姓名。船甲板上挥舞着的帽子和毛巾逐渐变得清晰。

船靠岸了,一个个中学生即使见到了自己的母亲,也不过微微一笑便继续同伙伴们在海边玩闹。他们都不愿意被伙伴们见着自己在母亲面前撒娇的模样。

回到家后,宏兴奋的情绪也依然没有平息,一直坐立难安。他一点儿都不提那些名胜古迹,讲的都是诸如住旅店时夜里朋友起来小便,因为害怕就叫醒他陪着一起去,导致第二天早上犯困发愁之类的事情。

宏的确是带着某种强烈的印象回来了,但他不懂得如何表达。他试图回忆起些什么讲讲,可想起来的都是一年多以前往学校的走廊地上抹蜡,害女老师摔倒,自己幸灾乐祸之类的事情。那些闪耀着光辉、眨眼间就来到自己身旁,又转眼擦肩而过消失不见的地铁,还有汽车、高层建筑和霓虹灯,那些令他惊异的记忆都去哪儿了?这个家还和他出发前一样,有碗柜、挂钟、佛龛、矮桌、镜台、炉灶、脏兮兮的草席,还有母亲。这里的一切,不需要任何语言就能理解他的心思,而所有的这一切,甚至包括母亲,都在催促他说说旅行的事。

等到哥哥捕鱼归来的时候,宏终于平静了下来。晚饭后,他翻开记事本,向母亲和哥哥粗略地讲述了旅行的过程。两人听完后很满足,也不再催促他讲什么了,一切都恢复了原样,一切又成了不开口也能够互通所有心思的存在。包括碗柜、挂钟、母亲、哥哥、破旧泛黑的炉灶、大海的轰响……在这些东西的包围里,宏沉沉睡去了。

宏的春假已近尾声。每天一睁眼他就不顾一切地玩耍，直至入睡。岛上可玩的地方多得很。自打在京都、大阪见识了老早就有耳闻的西部电影后，宏和伙伴们之间流行起了扮西部牛仔的新游戏。海的那一边是志摩半岛的本浦[1]一带，只要他们瞧见那周围山火的滚滚浓烟，就忍不住联想起升腾在印第安人城寨上空的狼烟。

歌岛上的鱼鹰是候鸟，到这个季节渐渐都飞走了。现在整座岛上都是夜莺在频频啼鸣。那条通往中学校园的陡峭下坡路在冬季里是个风口，人站在那里，鼻子会冻得通红，所以被称作红鼻岭。可在眼下的季节，就算风再寒冷，也不至于使人红鼻子了。

小岛南端名为辨天岬的海角就是他们演绎西部故事的舞台。海角西侧的海岸尽是石灰岩，顺着它们一直走，即可抵达歌岛上最为神秘的场所之一——岩穴的入口。狭小的入口宽一米半、高七八十厘米，自那儿往里去，道路曲折蜿蜒，越来越宽，进而构成一个三层的洞穴。抵达洞穴之前的路都是一片漆黑，但洞穴的四周却泛着不可思议的微光。洞穴贯通了整个海角，深不见尽头，自东岸流入

---

[1] 原文写作"元浦"，而实际地名应为"本浦"，是位于鸟羽市浦村町的一处渔港。

的潮汐在穴内纵深的竖坑里涨涨落落。

顽皮的孩子们单手举着蜡烛进了洞穴。

"嘿，小心点儿！很危险！"

他们互相喊着话躬身往洞穴里走，不时看看对方。蜡烛的光映照出了伙伴们稍显严峻、阴霾浓重的面庞。如此被映照出的面庞上却都没有粗犷的胡须，大家深感遗憾。

同行的伙伴有宏、阿宗和阿胜。他们正前往洞穴深处寻找印第安人的宝藏。

抵达洞穴后，他们直起身子，先进洞的阿宗头上不小心蒙了一层厚厚的蜘蛛网。

"你干吗？弄那么多装饰在头上，那酋长就你来当啦。"宏和阿胜起哄道。

昔日不知是谁刻在岩壁上的梵文已生了青苔，他们把三根蜡烛摆在下面。

由东岸流入竖坑的潮水猛烈地撞击着岩石，激荡出雄浑的声音。涛声浑厚，与他们在外面惯常听到的根本无法相比。翻涌的水声在石灰岩洞窟的四壁间回响，轰鸣声彼此重叠，让整个洞内轰隆作响，仿佛正为之摇晃。在旧历六月十六到十八日，七尾不知从何而来的雪白的鲨鱼会在这座竖坑现身——他们想起了这个传说,不禁害怕起来。

在少年们的游戏里,角色是自由变化的,敌人和战友轻易就能对调身份。二人因为阿宗头上粘了蜘蛛网就让他扮酋长,他们自己也放弃了以往一直扮演的边境守卫军小队队员的角色,转而成了印第安人的随从。他们问"酋长"怎么看这令人敬畏的海潮轰鸣。

阿宗也心领神会,像煞有介事地坐在蜡烛下方的岩石上。

"酋长大人,那可怕的声音是什么?"

阿宗以庄严的口吻回答道:"那个呀,那是神明动怒了。"

"要怎么做才可以让神明息怒?"宏问他。

"嗯。除了献上祭品祈求,别无他法。"

他们就掏出不知是妈妈给的还是家里偷来的烤米饼和面点,拿报纸垫着,供奉在正对竖坑的岩石上。

"酋长"阿宗从二人当中穿过,静静地走到祭坛前,跪倒在石灰岩的地面上,高举双手吟唱起临时编的怪异咒语,上半身伏倒又直起地求拜。宏和阿胜也在后面学着"酋长"的模样祈祷。隔着一层裤子,宏的膝盖感受到岩石冰冷的纹理。他觉得自己仿佛成了一个电影里的人物。

万幸,神明的愤怒似乎是平息了,波涛的轰鸣稍稍安稳了些,三人围坐一圈,品尝起从祭坛上撤下的祭品。现在这些东西尝起来比平时要好吃十倍。

此时,一阵巨大的轰响传来,竖坑里激起了高高的水浪。这一瞬间的浪花在昏暗中看上去就像是白色的幻影。大海让洞穴嗡嗡震颤,将之撼动,似乎还在窥探岩洞中围坐的三个"印第安人",试图将他们卷进海底。宏、阿宗和阿胜到底开始害怕了。不知从何处灌进来的风挑拨着岩壁的梵文下三根蜡烛摇动的烛火,当其中一根被吹灭的时候,那恐怖的气氛实在难以形容。

不过三人在平日里就一直好面子,好胜心强,他们很快就在少年率真的本能驱使下,用玩耍掩饰起了恐惧。宏和阿胜这两个胆小的印第安人随从,做出一副被吓得浑身发抖的样子:"哎呀,真可怕,真可怕!酋长大人,神明生气得很。神明为什么这样愤怒?"

阿宗重新在石头宝座上坐好,像酋长一样,连哆嗦都显得气度不凡。面对追问,他想起这几天在岛上悄然传开的风言风语,便打算借来一用,但其实完全没有恶意。阿宗清了清嗓子,开口了:"因为道德败坏之事。因为不义之事。"

"道德败坏,什么道德败坏?"宏问道。

"宏,你还不知道?还不是因为你哥新治跟宫田家女儿初江两人苟合的事。神明动怒就是因为这个。"

宏听到自己哥哥被议论,又觉出这事显然有损声誉,气愤不已,极力顶撞起"酋长"来。

"我哥跟阿初姐怎么了?什么**苟合**!"

"你不懂?**苟合**就是男的跟女的睡。"

说归说,但除此之外,阿宗其实也并无更多了解。可是宏明白他的这个解释里极强的侮辱意味,怒气难平,就朝阿宗扑了过去,抓住他的肩头,还扇了他一个耳光,不过这场乱斗很快平息了,因为阿宗被顶到岩壁上时,把剩下的两根蜡烛都撞掉在地上,灭了。

洞穴里仅有些许微亮,勉强可以看到对方朦胧的面容。宏和阿宗面对面呼吸急促,逐渐明白,在这里缠斗,一不留神或会招致难以估量的危险。

"别打了吧。怪危险的。"

阿胜介入调停,三人于是擦亮火柴,凭借火光找到了蜡烛，无言地爬出洞外。

——沐浴着户外明亮的阳光，他们顺着海角往上攀爬，抵达上方时便已重归旧好，仿佛忘却了方才的争斗，唱着歌顺着海角上的小路走远了。

……古里的海滨礁石连绵
辨天八丈庭园滩……

这古里的海滨位于海角西侧，拥有整座岛上最美丽的海岸线。海滨的中央屹立着一座名为"八丈岛"有二层小楼大小的巨大岩石，其顶端茂密的偃松旁边，四五个顽皮的孩童正叫嚷着什么，挥舞着手臂。

三人也挥手回应。他们行走的小路周围，紫云英四散地生长在松树林间的松软草地上，绽放着一丛丛红色的花。

"哟，是拖网船。"阿胜指向海角东边的海面道。在那里，一湾小巧而美丽的内海被庭园滩环抱，湾口处正停着三只拖网船静待涨潮。那些船是用来拖拽囊网捕鱼的。

宏也"哇"的一声，跟伙伴们一样被海面的波光闪得眯起了眼睛,但是方才阿宗的话语仍沉重地堆在心头。随着时间的推移,他感觉那些话越发沉甸甸地淤塞在心间。

晚饭时,宏肚子空空地回到家。哥哥还没回来,母亲一个人在往炉灶口里塞柴火。木材噼啪作响,灶台内的火也发出风一般的声音。唯有此刻,饭菜的香气盖住了厕所的味道。

"哎,妈。"宏在草席上呈大字形躺着开口道。

"干吗?"

"有人说我哥和初江姐**苟合**,是怎么回事?"

母亲不知何时已离开灶台,端正地坐在了躺着的宏身边。她的眼睛放出异样的光,再加上那散乱的鬓发,让人看着发毛。

"宏,你小子,这些话从哪儿听来的?谁说的?"

"是阿宗。"

"这种话可不许再说第二遍。对你哥也不许说。你要是敢讲,就饿你几天不给饭吃。知不知道?"

母亲对于青年男女间的那种事儿态度很宽容。海女做活儿的季节,她从不喜欢在篝火边和别人一起嚼人舌根。

不过，若是有一天自己儿子的情事就要成为流言蜚语的对象，那她也有必要尽一名母亲的义务。

当晚，宏睡着后，母亲凑到新治的耳边开了口，声音低沉而有力：

"你小子，知不知道因为初江的事情大家都在讲你坏话？"

新治摇了头，脸却是通红。母亲有一丝疑虑，但一点儿没有慌乱，继续直截了当地问："你们睡了？"

新治又摇头。

"没睡，就等于没干什么可让人背后议论的事情。是不是真的？"

"真的。"

"好，那我就没什么好说的了。你小心点儿，外头人多嘴杂。"

……然而事态并未朝着好的方向发展。次日晚上，新治的母亲去参加庚申集会，那是女人们唯一的聚会活动。她刚一露面，众人就满脸扫兴地停止了交谈。她们正议论着呢。

后一天晚上，新治出席青年会，没多想就推门进屋。明晃晃的灯泡下，众人围在桌边，刚才还聊得热火朝天，见到他却瞬间陷入了沉默，只有海潮声充斥在尴尬的屋内，仿佛里面一个人都没有。新治同以往一样靠着墙壁抱膝坐下，保持着沉默。于是众人又恢复了平常的模样，热闹地谈起了别的话题。今天支部长安夫破天荒早早就来了，隔着桌子爽朗地向新治打了招呼。新治没有丝毫疑虑，报以微笑作为回应。

某天，出海捕鱼的太平丸到了午饭时间，龙二似乎是心事重重："新哥，我挺气的。安哥讲你坏话讲得可凶了。"

"是吗？"新治默默一笑，男子汉气概十足。

小船在春天平稳的波浪里摇曳。接着，少言寡语的十吉罕见地插了一嘴："我懂，我懂。那是安夫嫉妒了。那小子就仗着他老子，其实是个惹人厌的窝囊废。新治又这么有男人味，这是招人嫉妒了。新治，你别往心里去。事儿闹大了有我替你撑腰。"

……安夫散布的谣言传遍了村中每一个角落，人们议论纷纷，但却仍未传入初江父亲的耳朵里。但就在某个晚上，澡堂里发生了一件足以成为村民一整年谈资的事情。

村里就算再富裕的家庭，家里也没有洗澡的设备，所以宫田照吉也会去澡堂。他举止高傲地用头撇开布帘，大摇大摆地脱去衣衫扔向篓子里。那些衣服和腰带有时掉在篓子外头，照吉每次都响亮地发出"啧"的一声，拿脚趾夹起衣物，甩进篓子里。周围的人见了都避之不及，但这也是留给照吉的为数不多的向公众宣示他人虽老但力未衰的机会之一。

不过他那具衰老的躯体也着实了得。赤铜色的四肢并无明显的赘肉，目光犀利，顽固的额头上方，如狮鬃般的白发肆意地倒竖着。酒后泛红的胸脯和白发相互映照，无比魁梧。肌肉发达，但因久未使用而有些僵硬，这凸显了他的形象——仿佛海中巨石，历经海浪冲刷而变得越发庄严威武。

照吉可以说是歌岛的化身，代表着这座岛屿的劳动、意志、野心和力量。他身为白手起家的富豪，充盈着带有些许野性的旺盛精力，脾性又狷介，决不担任村里任何公职，这反而令他更受村里做主的那些人敬重。他观察天象异常精准，航海和捕鱼经验丰富，无人可及，对渔村的历史和传统尤为自豪；同时，他又无比顽固，不认可他人，自视甚高到有些滑稽，一把年纪还极易动怒。总之，这老者活在人世，俨然铜像一般，凡事于他而言都属平常。

他拉开了通往浴池的玻璃拉门。

里面很挤，大量的水汽里，来往人的轮廓都看上去模糊不清。水声、水桶碰撞时活泼的木头声响以及笑声在天花板上回荡，整日劳动过后获得的解放感和满池的热水一起漫溢而出。

照吉在下池子前从不冲洗身子。他从浴池门口大摇大摆地阔步前行，径直走到池子前伸脚进去。他不在乎水太烫会对心脏、大脑和血管有什么影响，正如他不在乎香水和领带这些东西。

原先已在浴池里的那些人即便脸上被溅到了水花，发现对方是照吉，也就恭顺地行了注目礼。照吉泡在池子里，水一直淹到他那傲慢的下巴。

距离池子不远处的两个青年渔夫正擦洗着身体，没有注意到照吉的到来。他们肆无忌惮地高声聊着照吉的闲话。

"宫田家的照老爷子也是老昏了头了,姑娘让人糟蹋了居然都不知道。"

"久保家的新治还挺会办事儿。一直以为他就是个毛头小子,想不到居然吃到了天鹅肉。"

原先就在池子里的那些人都不敢看照吉的脸,坐立难安。照吉泡得脸通红,起身出了池子,脸色看上去还很平静。他双手分别拿起两只水桶,从凉水池里打了水,随后走到那两个青年旁边,突然间就把冷水照头泼了上去,又拿脚踹他俩的后背。

青年们的眼睛因为肥皂沫几乎睁不开,当下就准备反击,发现对方是照吉后便畏缩了。老人拿手掐住两个人带着肥皂沫滑溜溜的脖子,拖到了浴池前。两个人的头被一阵蛮力那么一按,就没入了池水里,老人粗壮的手指紧紧抓着他们的脖子,像洗衣服一样把两个人的头在热水里又晃又撞。最后,照吉也不管浴池里那些目瞪口呆站起来的人,连身子都没洗就大跨步地离开了澡堂。

第十一章

次日,太平丸上吃午饭时,师傅十吉从烟盒里掏出一张折得很小的纸片儿,笑眯眯地交给新治。新治正欲伸手接,十吉说道:"说好了,你可得答应我,读完之后干活儿可不能怠慢。"

"我不是那样的人。"新治简短而果断地回答道。

"好。这可是男人的承诺……今天早晨我从照爷家门前经过时,初江轻手轻脚地过来,也没说话,把纸片儿塞到我手里就走了。我以为都这把年纪了还有人给我写情书呢,开开心心地展开一看,那上面却写着新治的名字。真是岂有此理,我差点儿就要把它撕碎了扔海里,唉,想想又觉得怪可惜，就带来啦。"

新治接过纸，十吉和龙二都笑了。

这张薄纸片儿折得很小，新治用他那骨节粗大的手指展开时，小心翼翼地生怕弄破。烟草渣顺着纸的边角落到了手上。便签纸上的头两三行字是钢笔写的，似乎是写着写着墨水没了，之后变成淡淡的铅笔字。那些稚嫩的字迹写出的内容如下：

……昨晚父亲在澡堂听到了关于我俩的坏话，气得不行，警告我说不允许再和新治见面。父亲脾气就那样，不管我怎么辩解都没用。他说，每天晚上从捕鱼快结束开始，到第二天早上出海捕鱼为止，决不准我外出。打水他也说让隔壁大婶替我去。我没有任何办法。我特别难过，难过极了。父亲说，休渔的日子里，他整天都要跟在我旁边，看住我。新治，我要怎么做才能见到你？请你想个什么办法好让我们相见。至于写信——邮局里那些叔叔都是熟人，我不放心，所以我每天写了信，都夹在厨房门口水缸的盖子下面。新治，请你回信时也夹到那儿。新治，你自己来取信不安全，请你找一个值得信赖的朋友替你取。我来岛上的日子不长，还没有真正值得信赖的朋友。新治，你一定要坚强，要活下去。我每天都对着母亲和兄长的牌位，祈求新治别受伤。神灵一定会明白我的心意的，对吧？

新治读着信，脸上既显出被迫与初江分离的悲伤，也有体会了女子的真情实意的快乐，它们就像阴霾和光明一般交替出现。信刚读完，又被十吉夺去看了，仿佛那是他身为信使理所应当的权利。为了让龙二听，十吉就出声朗读，而且是用颇具十吉风格的浪花节民谣的调子来读的。这个调子就是他平常一个人出声念报纸时用的调子，所以新治明白他并无任何恶意，可来自心上人的真诚的信却被念得这样滑稽，又让新治感到伤心。

不过十吉也被这封信感动了，有好几次不住地大声叹息，还添了许多感叹词进去。最后，他用平日里指挥捕鱼时才用的、在午间祥和的海上方圆百米之内都能听得见的声音，说出了自己的感想："女人就是聪明！"

在十吉的纠缠下，新治在没有外人的小船上，一点一点向这两个他信赖的人说出了事情真相。他讲得很笨拙，话头颠三倒四，关键地方有时还忘了说，一遍讲下来花了好长时间。终于讲到最关键的地方，也就是在那个暴风雨的日子，二人都赤裸着相互拥抱，但新治却什么都没做这件事的时候，平日里几乎不笑的十吉都笑得止不住了。

"要是让我去，要让我去多好！你可真是浪费了大好机会。可能也因为你还没跟女人在一起过吧。那女娃也是真沉得住气，你还就降不住人家。不过就算这样，你这事儿办得也是够蠢。唉，算啦，到时候娶回来做老婆，天天快活个十次八次的，也就不亏了。"

龙二小新治一岁，在旁听这些话时似懂非懂，新治也不像城市里长大的少年那般有着初恋伤怀的脆弱神经。成年人的哄笑没有刺伤他，反倒慰藉、温暖了他。轻摇着小舟的柔和波涛安抚了他的内心。倾诉了所有之后，他变得宁静，这一片劳动的场所成了他无可替代的安详之所。

龙二从自家顺着下坡路前往渔港时会途经照吉家门口，于是便积极地揽下了每日早晨从水缸盖下取信的任务。

"从明天起你就是邮局局长了。"很少开玩笑的十吉说道。

每天的信,成了小船上三人午休时唯一的话题,三人也总是共同分享被信中内容所唤起的悲叹和愤怒。第二封信尤其成了愤懑的火种。初江在信里详细讲述了安夫半夜在水泉旁骚扰她的经过。当时安夫恐吓初江的话语;初江遵守约定,没有把这件事外传,安夫却反而为泄私愤在村中四处散播不切实际的谣言;照吉禁止初江和新治见面,初江直言辩解终于道明了安夫的暴行,但父亲却不打算对安夫做任何处置,于是安夫一家仍旧如以往般频繁地出入宫田家,但初江根本不想正眼看安夫一眼……最后还加了一句——她决不会让安夫钻了空子,希望新治放心。

龙二替新治气不过,新治脸上也闪过了极少出现的愤怒之情。

"就因为我穷才会这样。"新治道。这种埋怨的话他从来没说过。相较于自身的贫穷,他更耻于自身的软弱,自己竟发起这种牢骚来,不禁要落泪。然而,青年顽强地绷起脸,抵抗着出乎自己意料的眼泪,最终没让人见到自己狼狈的苦相。

这一次,十吉没有笑。

他好抽烟,有个怪癖就是烟草丝和纸卷香烟要每天换着抽,今天轮到抽纸卷香烟了。每到抽烟丝的日子,他总会拿黄铜烟袋在船舷上敲。因为这个习惯,船舷上有一处已微微凹了下去。他心疼船,所以就隔天才抽一次烟丝,另一天则用手工制作的黑珊瑚烟嘴抽"新生"牌香烟。

十吉将视线从两名青年身上移开,嘴里叼着黑珊瑚烟嘴,眺望起雾霭缭绕的伊势海。云雾朦胧里,知多半岛尽头的师崎一带隐约可见。

大山十吉的面庞犹如皮革一般,满脸皱纹都被晒黑了,就连纹路深处都是一样黑,发出皮革般的光泽。他目光锐利,炯炯有神,但已失却了青年时期那如阳光般的清澈和明亮,取而代之的是深深沉淀其中的污浊,如同一层皮肤,再强烈的光照都不畏惧。

有多年渔夫的经验,又年长,他懂得平静等待。

"你们心里怎么想的,我很清楚。是想去揍安夫吧?这种心情可以理解,可就算揍了也于事无补。蠢货就是蠢货,别管他就是。新治,你很难受,但忍耐是最重要的。

捕鱼也必须要忍。过不了多久一定会好的。你是对的，就算你不吱声也一定会胜利。照老爷子可不傻，他不可能分辨不出谁对谁错。别理安夫。听我的，对的一方终归是会胜利的。"

虽然已经过了一天，村里的流言蜚语还是同每日送来的信件和食粮一起，传到了灯塔。照吉禁止初江跟新治见面的消息，让千代子的内心因负罪感而一片黑暗。新治还不知道这无中生有的谣言是源自千代子——至少她如此相信。她无法直视新治来送鱼时那失去了一切生机的面庞。同时，千代子那不明缘由的烦躁，又让心地淳朴的父母坐立难安。

千代子的春假结束，回东京的日子到了。千代子实在无法主动承认告密的事情，她心里又很矛盾，感觉不能像这样未求得新治的宽恕就回东京。她不想坦白自己的罪过，可就是想恳请新治宽恕——虽然新治对自己不可能抱有仇恨。

于是回东京的前一天晚上，千代子让邮局局长收留了自己一晚，趁天还没亮就只身前往因为出海捕鱼而一片忙碌的海滩。

人们正在星光下忙碌着。船被架到了"算盘"上，伴随着众人的号子声，仿佛不大情愿般地磨蹭着下到海里。只有缠在男人们头顶上的手巾、毛巾的白能看得分明。

一步一步，千代子的木屐陷进冰冷的沙里。沙子没过她的脚背，又缓缓地流淌下来。所有人都在忙，没有人看千代子一眼。每日的生计是单调却又强力的旋涡，牢牢抓住了这些人，让他们的身体和心灵从最深处燃烧。千代子意识到这里没有人像自己这样执迷于感情问题，她感到一丝羞耻。

不过千代子的视线还是竭力穿透拂晓的暗幕，寻找着新治的身影。放眼望去，海滩上全是身形相似的男人，他们的面庞在昏黑的黎明里难以区分。

终于，一艘小船沐浴到了海浪中，如获自由般浮于水面之上。

千代子不自觉地向它靠近。她朝着那名头缠白毛巾的青年，喊出了他的名字。正打算上船的青年转过头来。单凭那张笑脸和那整齐排列的牙齿醒目的雪白，千代子确定他就是新治。

"我……今天要回去了，就是想来道个别。"

"是吗——"新治沉默了。听语气，他似乎不知该如何回应才好，只应承似的道了句再见。

新治在赶时间。明白这一点后，千代子比他更急。她什么话都说不出，就更别提坦白什么了。她闭上眼睛，祈祷着新治哪怕能在自己眼前多停留一秒也好。她突然明白，祈求得到他宽恕的愿望不过是一个面具，面具背后则是她长久以来渴望被他温柔对待的心愿。

千代子究竟渴望获得怎样的宽恕？这名少女对自身的丑陋深信不疑，突然之间，她不禁问出了一个来自心底、压抑至今的问题——并且这问题，或许她只有向眼前这名青年才问得出口："新治，我，就那么难看吗？"

"嗯？"青年反问道，脸上满是不解。

"我的脸，就那么丑吗？"

千代子祈求昏暗的光线遮蔽自己的面庞，使其看上去哪怕美一点点。然而东方的海上，似乎已经开始泛白。

新治当即做出了回应。他的时间紧迫，这恰恰避免了回答过于迟缓从而刺伤少女的心。

"你说什么呢？你很漂亮呀。"他单手扶着船舷，矫健地单腿一蹬，在跳上船的同时说道，"你很美！"

谁都知道，新治是不会说奉承话的人。不过，他也只是面对突如其来的提问，在极短时间内做出了妥当的回答。小船动了起来。在逐渐远去的船上，他爽朗地挥动着手臂。

就这样，只剩下幸福的少女留在岸边。

……那天早上，父母从灯塔下来送别，千代子在跟他们说话时面庞充满了生机。灯塔长夫妇很是不解，为何回东京会令女儿如此开心？摆渡船神风丸驶离码头，千代子独自置身温暖的甲板之上，那份从早晨开始就令她反复回味的幸福，在孤独中抵达了完美。

"他说我美！那个人他说我美！"

自那一瞬间起，千代子已将这句话重复了千百遍，但仍在不厌其烦地重复着。

"他真是这样说的。光这样就足够了。我不可以期待更多了。他真的是这样对我说的。光这样我就满足了，我不能够再期待他爱我，因为他已经有了心仪的女孩儿。我究竟做了件怎样的坏事？我出于嫉妒，究竟让他陷入了怎样一种不幸？而且，他竟然说我美，以此回应我的背叛。我必须赎罪……我必须凭我的力量,尽可能地报答他……"

一阵奇妙的歌声踏着波涛传来,打破了千代子的思绪。放眼望去,有许多船正自伊良湖航道的方向驶来,船上还插着红艳的旗帜。唱歌的就是船上的人们。

"那是什么?"千代子问正在卷缆绳的年轻的船长助手。

"是去伊势神宫参拜的。船员带着家属,从骏河湾的烧津、远州那边坐捕鲣鱼的船过来,到鸟羽去。他们竖起许多写了船名的红旗,一路喝酒、唱歌,还赌钱呢。"

红色的旗帜看在眼里越发鲜明起来,远洋渔船的航速很快,随着它们离神风丸越来越近,乘风而来的歌声听上去甚至有点儿吵闹。

千代子又在心里重复起那句话。

"那个人,他说我美!"

第十二章

春季在种种琐碎中迎来了尾声。树木更葱郁了,丛生在东面岩壁上的文殊兰距离花期尚有些日子,不过岛上各处也已有了各色花朵的点缀。孩子们开学了,一些海女已开始潜入凉凉的海水里打捞裙带菜了。这一来,白日里空无一人的家庭更多了,门不上锁,窗户也大敞开来,蜜蜂自由地到访无人的家中,在空荡荡的房间里肆意飞舞,时不时一头撞到镜子上,受到惊吓。

新治不擅长动脑筋,没想出什么能跟初江相会的办法。两人幽会的次数本来就少之又少,不过想着下次相见的喜悦,等待便也不算难熬。但一想到眼下不知道下次见面会是什么时候,新治对初江的思念就越发强烈,但既然已经向十吉保证过,捕鱼的活计就不能停。他只有每晚捕鱼结束后,等往来人流散尽之时在初江家附近偷偷晃悠,除此之外再无计可施。偶尔,二楼的窗户打开,初江会露面。除了有时月光刚巧替新治照亮了那张脸,女孩儿的脸庞通常看上去都是笼罩在了暗影里,然而青年仍然凭借卓越的视力,连她那双水润的眼睛都看得很清晰。初江担心四周邻里发现,所以从不出声,新治也只是藏身于后院小菜地的石墙后,一言不发地仰望少女的面容。不过,这种无果的相会所造成的痛苦,总是会在第二天龙二送来的信中道尽,读到那些话语,女孩儿的面容和声音终于合而为一,头天晚上初江那无言的身影才栩栩如生起来。

这样的相会对于新治来说也是折磨,有时他干脆选择夜晚独自在岛上人迹罕至的地方徘徊,借此抒发胸中郁积。他有时会去岛屿南边德琪王子的古墓。古墓并无明确的界线,但是在高地上的七棵古松之间,有小小的鸟居和祠堂。

德琪王子的传说不甚明了,就连"德琪"这奇妙的名字是出自哪种语言都不得而知。据一对年过六十的老夫妻说，旧历正月遵循古法为王子举行祭典时，会将一个怪匣子稍稍打开来，让人看到装在里面的好像笏一样的东西，不过也没人清楚这神秘的宝物跟王子究竟有什么关系。以前这岛上的小孩管妈妈叫"哎呀"，据说就是因为王子称呼妻子为"部屋"[1]，而他那尚年幼的圣子学舌时错叫成"哎呀"，这才流传开来的。

反正，王子是在很久很久以前，从某个遥远的国度坐着黄金打造的船漂流到了这座岛上。王子娶了岛上的姑娘，死之后被埋在了皇陵里。没有任何关于王子生平的故事流传下来，所有或穿凿附会或弦外有音的悲剧故事，没有一个是依附王子来讲述的，这就暗示了，如果关于他的传说是事实，那么恐怕王子在歌岛上的一生是幸福到了无法编出什么故事来的地步。

很可能德琪王子是降临至这片不为人知的土地的天使。王子虽默默无闻地在凡间度过了一生，但幸福和上天的恩宠却一直眷顾着他，赶都赶不走。所以他才没有留下任何传说，就这样被埋葬在了这可以俯瞰美丽的古里海滨

---

[1] 日语中，"部屋"与"哎呀"的发音近似。

和八丈岛的陵墓里。

——如今却有一名不快乐的青年在祠堂附近游荡,累了就抱膝呆坐在草地上,眺望月光下的海面。月亮带着晕轮,预告次日有雨。

第二天早上,龙二去取信,发现水缸盖的边上扣着一个铁脸盆,还稍稍往外伸了一些,为的是不让雨淋湿了信。他们整日都冒着雨捕鱼,新治趁午休时将拿到的信遮在雨衣里读了。字很难看清,初江解释道,这是躲在被窝里摸黑写的,因为早上点灯怕引起怀疑。信上说,一般她都在白天空闲时写,赶在早晨出海打鱼前"寄出",不过这天早上,她有件事想尽快让他知道,所以就撕掉了昨天那封啰唆的长信,又写了这一封。

初江在信里说,她梦见了吉兆,神明昭示新治是德琪王子转世,和自己顺利地结婚,还生下一个如玉般美好的宝宝。

初江不可能知道新治昨晚去过德琪王子的古墓。这不可思议的感应令新治震撼,他打算今晚回去后,再慢慢把初江的梦的证据都写进信里。

自从新治开始挣钱养家,母亲便也用不着在水还冰冷的时候就拼了命地去做海女的活计。她打算等到六月再下水。可她就是操劳的命,一旦天气开始转暖,仅是做做家务已经无法令她感到满足。每当空下来时,她就总得去操心点儿什么闲事。

儿子的不快乐成了她心头挥之不去的阴影。和三个月前相比,如今的新治仿佛换了个人。话不多这一点倒是跟过去一样,但从前那股子即便沉默也照样在脸上洋溢的青春朝气,如今已没了踪影。

某天,母亲上午就做完了针线活儿,响午过后,百无聊赖的她开始茫然地思考起有没有什么可将儿子从不快乐中解救出来的方法。家里虽照不进阳光,但隔着邻居家泥墙仓库的房顶,还是能望见晚春悠然的天空。她打定了主意,走出家门。她一直走到防波堤,看着浪花拍碎在堤坝下。和儿子一样,她有心事时也要和大海商量。

防波堤上晒满了穿章鱼罐的绳索。海边看不到什么船,大片的渔网铺开来在晾晒。母亲瞧见一只蝴蝶,漫无目的地从摊开的渔网那边朝着防波堤飞来。那是一只硕大而美丽的黑凤蝶。它来到这片渔具、泥沙和混凝土之上,是否为了找寻什么新奇的花朵？捕鱼人的家里都没什么像样的庭院，只在路旁有些用石头围起来的小花坛。蝴蝶似乎是对那些少得可怜的花朵失去了兴趣，这才下到海边来了。

在防波堤外，海浪永远在搅动底层的泥沙，淤积着黄绿色的混浊。海浪起时，那片混浊就翻涌起来。母亲看见蝴蝶离开了防波堤，飞到了混浊的海面上，它似乎让翅膀休息了一会儿，然后又高高地飞起。

这蝴蝶也怪，学起海鸥来了。她这样想着，越发注意起那蝴蝶。

蝴蝶飞得很高，打算迎着海风远离岛屿。风看起来和缓，但对于蝴蝶柔软的翅膀还是很强劲。即便如此，蝴蝶仍高飞在空中，离岛远去。母亲忍着目眩，一直遥望着蝴蝶，直到它变成天边的一个黑点。在她的余光里，蝴蝶拍打了很久翅膀，它被海的辽阔和灿烂所蛊惑，在它的眼里，或许旁边那座岛屿看起来很近，但其实十分遥远，这令它绝望，于是低低徘徊在海面之上，最终回到了防波堤。随后，它停了下来，使晾晒着的绳索投下的影子旁多出一个如粗大绳结般的黑影。

母亲不相信任何征兆或迷信，但这只蝴蝶的徒劳却使她心生阴霾。

这傻蝴蝶。想去外头就停到摆渡船上跟着去呀，那多轻松。

然而在岛外无任何事可做的她，已经有好几年没坐过摆渡船了。

——此刻，新治的母亲心中不知为何竟升起了一股无畏的勇气。她步伐坚定，快速离开了防波堤。半路上一名海女向她打招呼，她也不回应，仿佛被什么事情吸引了注意力，只顾前行，让对方很是讶异。

宫田照吉是村子里屈指可数的有钱人，不过他那新建的家宅，房头也并没比周围人家高出多少。宅子没建大门，也没有石墙。跟其他人家一样，入口左边是厕所的下水口，右边是厨房窗户，各自彰显着平等的地位，就好像人偶架子[1]上成对列席的左大臣和右大臣。只不过房子建

---

1 女儿节时用于摆放人偶和饰物的架子，有多层。

在斜坡上，用作仓库的地下室用坚固的混凝土建成，稳固地托起了整栋宅子，还有面朝小道而开的窗户。

厨房门边有个大到能容下一个人的水缸。初江每日早晨用来遮住的木盖子看上去严丝合缝，保护了水不受灰尘污染，但到了夏天却并不能阻挡蚊子和羽虱，不知不觉间，也有些死蚊虫漂在了水面上。

新治的母亲正欲进门，又稍有犹豫。平日里她和宫田家并无往来，光是进他们家这一举动，就足以让村里人议论。她扫视四周，没有人影。小道上只有两三只鸡在溜达，还有后面那户人家的寥寥几朵杜鹃花，枝叶间透出了下方大海的颜色。

母亲伸手摸了摸头发，发现被海风吹乱了，于是从怀里掏出一把缺了不少齿的红色塑料小梳子，迅速梳了梳头。她身上穿的是平日的便服，脸上没有妆容，领口露出了一点儿晒黑的皮肤，劳动服和劳动裤子打满了补丁，拖着木屐，没穿袜子。海女总是需要用脚蹬海底，脚趾在无数次的受伤后变得结实，指甲厚且严重弯曲，绝对算不上好看，可踩在地面上时十分稳当，丝毫不发抖颤动。

她走到玄关处的泥地。有两三双被脱下的木屐胡乱地散在地上，其中一只还是底朝上。红色绳子的那一双看起来是刚下过海，潮湿的沙子还留在上面，印着脚的形状。

室内很安静，飘荡着厕所的味道。四周的房间一片昏暗，一块阳光透过窗户洒在最靠里那间房的正中央，大约包袱皮大小，很显眼。

"有人吗？"母亲问道。她等了一会儿，没有回应，就又喊了一声。

此时，初江顺着泥地玄关旁的楼梯走了下来："呀，是大婶呀。"

她身着朴素的劳动服，头上系着黄色的发带。

"发带真好看。"母亲夸道。她一边说，一边不住地打量着这个让自己儿子朝思暮想的姑娘。或许是自己多心，她觉得对方面容有些憔悴，肌肤也有些苍白，衬得那对瞳孔的黑更显眼了，清澈而闪亮。初江察觉到对方正在观察自己，脸红了。

母亲坚定了自己的勇气。她要见照吉，诉说儿子的无辜，表露诚意，让他们俩在一起。除了两个家长面对面谈，这事没别的解决办法……

"你爸在家吗？"

"嗯。"

"我有话跟你爸说,你能帮我去叫一声吗?"

"嗯。"

少女面带着不安的神情上楼去了。母亲弯腰坐在了玄关和房间相连处的台阶上。

等待的时间十分漫长,她后悔没带烟来。在等待的过程中,她的勇气萎靡了。她渐渐明白了,自己所抱有的幻想是多么疯狂。

楼梯处传来轻微的吱呀声。初江下来了,可她并没有走到底,而是停在了中间,稍稍扭过身子开口说话。楼梯那边很暗,初江那俯下的脸也看不清楚。

"嗯……我爸他说,不见。"

"不见?"

"嗯……"

这回应彻底挫没了母亲的勇气。屈辱使她心生出另一种激情。她漫长一生的劳苦、成为寡妇后难以言说的艰辛,都在这一刻涌上心头。她几乎是以口沫横飞的气势愤怒地开了口,身体已有一半在门外:"好,他说不见我这个穷寡妇是吧?他叫我别再进你们家大门,是这意思吧?

我话先放这儿,哼,你去告诉你爸,你家这门,我不会再踏进第二次!"

母亲不愿向儿子提及此次失败的经过。她胡乱发了通脾气,迁怒于初江,说初江的不好,反倒是跟儿子起了冲突。次日一整天,母子之间都没有对话,但隔了一天就和好了。母亲立刻向儿子哭诉,道明了去找照吉时的失败,而新治其实早已通过初江的信知道了这件事情。

母亲自己讲时省略掉了最后留下狠话的情节。为了不让新治难受,初江在信里也没写那一段。因此,新治切身感受到的只有母亲吃了闭门羹的屈辱。内心温柔的青年也觉得,母亲说初江坏话,虽不太在理,但也能够理解。他暗下决心,自己对于初江的爱恋虽之前从未对母亲隐瞒,但今后除了船老大和龙二之外,一定不再对旁人吐露。他做出这一决定,是出于对母亲的孝敬。

就这样,因为一次失败的善意举动,母亲变得更孤独了。

如果碰上休渔日,新治一定会哀叹无法和初江相见的一天是何等漫长。万幸的是,休渔日一直都没来,不过二人依旧无法相会。就这样,五月到来了。某天,龙二拿来了一封令新治无比欣喜的信,内容如下:

> 明天晚上,父亲难得要招待客人,来客是津市那边县厅里的人,晚上住我家。父亲请客时会喝许多酒,早早就会睡,我觉得晚上十一点左右他就差不多会睡着了,到时候我可以溜出来。你在八代神社等着我……

当天,捕鱼归来后的新治换上了新衬衫。毫不知情的母亲忐忑地仰头看他。她觉得,自己仿佛又一次看见了暴风雨那天的儿子。

新治已经完全领悟且体会到了等待的痛苦。因此,他尽管其实可以让女孩儿等自己,但是他做不到。母亲跟宏刚上床睡觉,新治就出门了。此时距离十一点还有整整两个小时。

他打算去青年会打发一下时间。那座海边小屋的窗户透着灯光,传出住宿的青年们谈话的声音。新治感觉他们在议论自己，便离开了。

青年来到夜晚的防波堤，任海风吹拂脸庞。随后他回想起当初从十吉口中听闻了初江的身世的那天，目送一艘白色货轮在海上晚霞的背景下远去时体会到的那种莫名的感动，一种"未知"。远远地遥望着未知的时候，他心绪宁静，可一旦跟着未知扬帆远航，接踵而至的就都是不安、绝望、混乱和哀叹了。

此刻他的内心本该因欢喜而振奋，却总感觉有哪里是颓丧而毫无生气的，至于理由，他似乎也明白。今夜相会时，初江估计会催促自己早做打算。私奔吗？可是二人所生活的地方是一座孤岛。就算想乘船外逃，新治也没有属于自己的船，更重要的是，他没有钱。殉情吗？岛上也曾有人殉情，可青年诚恳的心拒绝这一行为，他觉得那些都是只考虑自己，自私的人。他一次也没有想过去死，更何况他还有家人得养活。

想来想去，时间竟很快就过去了。青年本不善思考，却惊讶地发现思考竟还有意想不到的打发时间的功效。不过，年轻而稳健的他果断地放弃了思考，因为无论它具备何等功效，在思考事物这一新的习惯当中他最先发现的，是一种直截了当的危险。

新治没有手表,但他也确实不需要。无论昼夜,他都能够本能地感知到时间,这种不可思议的能力代替了手表。

比如说星辰的移转,即便他不善于精密地测定这种位移,他也能通过身体感觉到夜晚巨大的圆环在转动,白昼那巨大的圆环也在轮转往复。他只要置身于自然界种种关联的一端,就必定不会忽略其准确的秩序。

而实际上,当新治坐到八代神社办事处门口台阶上时,就已经听到了十点半的钟声敲响。神官一家安静地睡了。青年又将耳朵贴在防雨窗上,仔细地数着挂钟安静地敲响十一点的钟声。

青年起身,穿过松树漆黑的树影,行至二百级石阶的顶端。天上没有月亮,薄薄的云层划过夜空,星星看不见几颗。而石灰石台阶仿佛尽数吸收了夜的微光,如巨大而庄严的白色瀑布般在新治脚下流淌。

伊势海壮阔的景观完全没入了夜色,相较于知多半岛和渥美半岛星星点点的灯火,宇治山田一带的灯光更为集中,没有间隔,壮观地连成一片。

青年很为自己穿的这件崭新衬衫感到骄傲。这白色如此显眼,哪怕从二百级石阶的最下面,应该也能一眼瞧见。大约在第一百级台阶附近,左右两边伸出的松枝在石阶上投下了一层暗影。

……石阶下面出现了一个小小的人影。新治的心因欢喜而狂跳。木屐拾级而上发出的坚定声响,在四周留下跟那小小身形全然不相称的巨大回响,似也没有气喘吁吁。

新治自己也想冲下去,但忍住了。既已等了这么久,他拥有在最高处从容等待的权利。又或许,待她走到可以看得清脸的地方时,自己就会冲下去,还得按捺住想要大声呼喊对方名字的冲动。大概在什么位置才能看清脸呢?差不多第一百级台阶?

——就在这时,新治听到下方传来了异样的怒吼。那声音无疑是在喊初江的名字。

在第一百级那个稍微大一些的台阶处,初江忽然停下了脚步。能看得出,她的胸口在剧烈起伏。藏在松树背后的父亲现身了。照吉抓住了女儿的手腕。

父女二人在言辞激烈地交谈,新治都看在眼里。他在石阶的最高处,仿佛被绑住了一般,动弹不得。照吉没有转身瞧新治一眼,他抓着女儿的手腕就顺着石阶往下走。青年保持着同一个姿势,不知所措,感觉半边脑子都麻痹了,只能像一名卫兵一样立在阶梯的顶端。父亲和女儿的身影下了台阶,往左一转,消失了。

第十三章

海女的季节对于岛上的年轻女子而言,就和都市的孩子们心情忐忑地面对的期末考试一样。自小学二三年级起,她们就通过在海底抢石头的游戏开始学习潜水技能,好胜心的驱使,她们自然地日渐娴熟,而一旦真正走上这条路,随性的游玩成为严苛的工作,每一位年轻的女孩儿都会心生畏惧,才刚到春天,就已开始厌恶夏天的到来。

水的冰冷、呼吸的艰难、潜水镜进水时那种说不出的痛苦、鲍鱼唾手可得时侵袭全身的那种恐怖和虚脱,还有各种伤痛、脚蹬海底准备上浮时锋利的贝壳划破脚趾留下的伤、被迫完成超出自己忍耐极限的潜水过后浑身如灌了铅一般的乏力……这些东西在记忆里被打磨得越发清晰,经过不断重复而变得更加恐怖,甚至那些连梦都做不动的酣睡的夜晚,突然的噩梦也常常会让姑娘们惊醒,让她们在深夜里,透过平静、安全的床铺四周的漆黑,看到握在掌心里的冷汗。

有丈夫的年长海女们则不同。在水底潜游一番上来之后,她们就放声歌唱,大笑着聊天,仿佛工作和娱乐已浑然一体。年轻的姑娘们看在眼里,心想自己是无论如何也变不成那样的,可几年时间很快过去,她们会惊愕地发现,自己不知何时也已成了豪放而干练的海女队伍中的一员。

歌岛的海女在六月和七月最为活跃。她们的根据地就在辨天岬东面的庭园滩。

即将迎来梅雨季节的这一天,烈日当头,已不能再说是初夏。海边燃起篝火,烟跟随南风往王子的古墓那边飘去。庭园滩环抱着一处小小的海湾,湾口正对太平洋。夏季的云朵在海面上高耸着。

这处小海湾犹如一座花园。海滩边的岩石以石灰石居多，分布得那样恰到好处，孩子们玩西部牛仔游戏的时候就拿岩石做掩体，躲在后面发射手枪，而且其表面也很光滑，随处都能见到小指头大小的洞，螃蟹和生息在海滩上的虫子在里面安家。被岩石所包围的沙滩是白色的，左侧面朝大海的高崖上，文殊兰正在盛开。花朵并非凋谢季节时那种乱糟糟的模样，而是将性感如葱一样雪白而丰满的花瓣，朝向蓝天高高耸起。

午休时的谈笑让篝火的周围一度欢闹。沙子还不到烫脚的程度，海水虽凉，但也不需要一从水里上岸，就穿上棉袄烤火。海女们高声笑着，挺起胸脯，互相展示着自己引以为傲的乳房。其中还有人双手托起自己的乳房。

"不行不行，手放下去。拿手托着多耍赖。"

"说什么呢？你那乳房就算托着都耍不了赖。"

大家都笑了。她们在互相比试乳房的形状。

每一只乳房都经过了充分的日晒，不再有神秘的白皙，更不会剔透得看到静脉。那一片肌肤看上去已不再显出任何与众不同的敏感。不过太阳却在那饱经日晒的肌肤里酝酿出了如蜜一般半透明又光润的色泽。乳头四周的乳晕与这种色泽相接，浓淡自然，让乳头看上去并非孤立的暗黑潮湿的秘密。

围着篝火的众多乳房里,有的已经枯萎,有的只残留下干瘪而坚硬似葡萄干一样的乳头。但大家的胸肌大都很发达,所以乳房并未沉重地下垂,而是在宽阔的胸脯之上保持着紧实。这说明这些乳房每天都仿佛果实一般孕育在阳光之下,没有一点儿害羞。

一个小姑娘苦于左右乳房大小不同,一个毫无顾忌的老婆婆安慰她:"没什么好担心,以后你老公会替你揉好的。"

众人哄笑,小姑娘却还不放心地询问:"是不是真的啊,春婆婆?"

"真的啊。以前也有姑娘像你这样,自从有了丈夫后,两边形状可相称了。"

新治的母亲感到骄傲,她觉得自己的乳房还很饱满。跟那些有丈夫的年纪相近的女人比起来,自己的最显青春。她的乳房仿佛并未尝过爱的饥渴和生活的艰辛,永远在夏天时仰望太阳,直接从太阳身上汲取着无尽的活力。

年轻姑娘们的乳房并未激起她多少妒忌之情。只有一对美丽的乳房,令新治的母亲以及其他海女感叹不已。那就是初江的乳房。

今天是新治的母亲第一天回来潜水，所以也是她头一回得以从容地面对初江。虽然当初甩下了那番狠话，但两人对上视线时还是会互相点头示意，不过初江本就不是话多的人。今天因为种种繁忙，二人并没有太多对话的机会。像攀比乳房时，参加谈话的也是那些年长的女性。新治的母亲本就心存芥蒂，便避免和初江交谈。

然而，看到初江的乳房之后，她就明白了，关于初江和新治的流言蜚语将会随着时间消散。任何女人见了这对乳房都不会再怀疑下去。那绝对不是尝过男人的乳房。它才刚要绽放，不禁令人遐想，当它盛开之时该有多么美丽。

一对高耸的小小丘陵托起玫瑰色的花蕾，丘陵之间有座深谷，虽日晒充足，却并未失掉肌肤的纤细、嫩滑和一抹清冷，洋溢着早春的气息。乳房配合着发育完善的四肢，没有一丝迟缓。不过，那丰满之中还含着些许僵硬，仿佛如今正是它将要苏醒之时，只需一根羽毛的轻触，一丝微风的爱抚，它就会睁开眼睛。

这是健康的处女的乳房，且形状美妙得难以言喻。

老婆婆不禁用粗糙的手掌去触碰乳头,把初江吓得跳了起来。

大家笑了,问道:"阿春婆,你现在知道当男人什么感觉了?"

老婆婆用双手揉搓着自己满是褶皱的乳房,高声说道:"怎么啦?她那样的顶多算是青桃儿,我这可是老咸菜,好吃入味儿。"

初江笑着甩了甩头发。一片绿色透明的海藻从头发上掉了下来,落在明晃晃的沙子上。

众人正吃午饭,石崖上出现了一个熟悉的异性的身影,时机把握得恰到好处。

海女们故作惊呼,把竹皮便当盒放到一边,拿手遮住乳房。其实她们根本不意外。这闯入者是名年老的行脚商人,每个季节都会上岛来,大家故意装出害羞的样子给他看,只是为了拿他的年纪开玩笑。

老人穿着皱巴巴的裤子、白色开襟衬衫。他将背后的大布包裹放到岩石上,擦了擦汗:"看把你们给吓的。是不是我不该来?要不我先走?"

行脚商人明知道在海滩上展示商品最能激起海女们的购买欲,却故意这样说。在海边时,海女们更为豪爽,所以才要先让她们在这里挑选,晚上再送货上门并收钱。海女们也喜欢这样,因为能在阳光下比照衣物的颜色。

老商人在岩石的阴影里将货都摊开摆好。女人们则嚼着嘴里的各种食物,围在商品四周。

商品有浴衣、便服、童装、单衣带、短裤、衬衫,还有衣带扣。

老商人又打开一个满满当当的扁木箱,女人们不禁发出惊叹。里面尽是好看的小物件,各种颜色款式的小荷包、木屐带,还有塑料手提包、头带、胸针。

"这些东西我都想要呀。"一名年轻的海女率真地开口道。霎时间,许多黑色的手指头伸了上去,拿起一件件东西仔细检查、品鉴,她们还就合不合身互相斗嘴,也带着些许调侃的意味讨价还价。最终,将近一千日元的棉布浴衣卖出去两件,混纺衣带卖了一条,各式各样零碎东西也卖出去许多。新治的母亲买了二百日元左右的塑料购物包,初江则买了一条款式年轻的浴衣,白色的底子上染了喇叭花的图案。

超乎预料的销量让老商人心情大好。他很瘦,从开襟衬衫的领口能看见晒黑了的肋骨。花白的头发剃得很短,脸颊到太阳穴之间有好几个黑色的老人斑。他嘴里参差不齐的牙齿被烟熏黄了,口齿也不清,声音越大就越难听清。海女们最终通过他那抽筋般的笑和夸张的肢体动作才明白,他要做出一次"无私"的高尚奉献。

他的小指指甲留得很长,只见他的手指迅速翻动,从装小物件的箱子里取出了两三个漂亮的塑料手提包。

"看,蓝色是给年轻人用的,茶色适合中年人,黑色适合老年人……"

"那我肯定是要年轻人的款式!"方才那老婆婆又用玩笑打断他,大家都笑了起来,老商人只得更用力地说话:"最新流行款式的塑料手提包,一个原价八百日元。"

"哟——太贵啦。"

"你肯定故意抬价了。"

"货真价实,八百日元。承蒙各位照顾我生意,我送一个给一位,免费赠送,不要钱。"

一只只天真的手掌大张着,全伸了过去。老商人动作夸张地全都挡了回去。

"一个哟,只送一个。为祝咱歌岛村繁荣昌盛,我就亏本奉献一次,举办一场近江商店大奖赛。不管是谁,最后谁赢了就给谁。年轻人赢了就送蓝色,中年的夫人赢了就送茶色……"

海女们都屏住了呼吸。万一运气好,就能免费得到一只价值八百日元的手提包。

行脚商人从这沉默里收获了成功收揽人心的自信,回想起自己当初堂堂一个小学校长,却因为女人失了脚,落得如今这个地步的过往,他忽然有了主意,打算再当一次运动会的主持人。

"歌岛村对咱们有恩,既然要比赛,那内容得是为了村子好的才行。怎么样,诸位?捞鲍鱼比赛。接下来的一个小时里,谁捞的鲍鱼最多,奖品就送谁。"

他另选了一处岩石背后的阴凉,仔细地铺好布,把奖品庄重地摆在了上面。其实都是五百日元左右的东西,不过看起来确实值得上八百日元。给年轻人的奖品是天蓝色方形包,那如同新打造的船只一般醒目的蔚蓝色,跟镀金搭扣的璀璨构成了绝妙的对比。给中年人的茶色包也是方形的,仿鸵鸟皮的表面压花很是讲究,一打眼几乎无法看出和真鸵鸟皮的区别。只有给老年人的包不是方形的，但无论是细长的金色搭扣还是船一样宽宽的造型，都极为讲究典雅。

新治母亲心里想要那个适合中年人用的茶色手提包，第一个就报名参加。

而紧接着报名的就是初江。

小舟载着报名参加的八名海女离开了海滩。撑船的是个不参加比赛的胖胖的中年妇女。八人里只有初江一个年轻女孩。心知肯定胜不过那些老手而选择弃权的小姑娘们全都在给初江加油。留在海边的女人们各自为喜欢的选手加油，小舟则沿着海岸由南边往岛的东边去了。

其余的海女们将年迈的商人围在中央唱起了歌。

海面蔚蓝清澈，海底被红色海藻包裹的圆形岩石在没有波浪侵扰时清晰可见，仿佛正在浮向水面一般，但其实那里水很深的。浪花掠过，声势渐起。海浪的波纹、水面的折射和水花都在海底的岩石上投下影子。浪头在高高卷起之前就在礁石上撞得粉碎，留下涛声在所有礁石间回响,仿佛深深的叹息,连海女们的歌声都掩盖了。

一个小时过去后,小船沿着东边的海岸回来了。为了竞争,八个人精疲力竭的程度胜过平日里十倍,赤裸的上半身相互依偎着,各自都无言地直直望着面前的方向。潮湿而凌乱的头发跟身边人的混在一起,难以区分。有两个人甚至因为冷而抱在一起,乳房上起了鸡皮疙瘩。由于阳光过分明媚,哪怕那些身体都已晒黑,可看上去仍像一群肤色苍白的溺水死者。迎接这些的是岸边的喧闹,与悄然无声前行的小舟形成了鲜明对比。

下船后,八个人立刻四仰八叉地倒在篝火旁的沙滩上,不发一语。商人逐一从每人手中接过桶来,检查过后,大声报出了鲍鱼的数目。

"初江第一名,二十个;久保家媳妇儿第二名,十八个!"

第一名和第二名——初江和新治的母亲,拿疲劳充血的眼睛互相看着对方。岛上最老练的海女,却败给了在外地被训练成海女、技艺娴熟的少女。

初江默默起身,去岩石阴凉处拿奖品,但她拿来的是为中年人准备的茶色手提包。少女把东西塞到新治的母亲手上。母亲的脸颊因为喜悦而有了血色。

"你怎么给我……？"

"我爸之前不该对大婶说那种话，我一直觉得应该道歉。"

"多好的姑娘！"商人高声道。众人纷纷夸赞，并且劝母亲接受这份好意。于是母亲拿纸将手提包小心地包好，夹在赤裸着的腋下，大大方方地道了声："谢谢。"

母亲坦率的心，爽直地接受了少女的谦让。少女微微笑了。儿子真会选老婆，母亲心想——岛上的人情世故一直都是这样。

第十四章

梅雨季节里的每一天,新治都感到痛苦。初江的信也中断了。她在八代神社被父亲拦下,应该就是因为信被发现。那件事过后,父亲必定是严厉禁止了女儿的通信。

梅雨时节还未完全过去,有一天,照吉家的机动帆船,歌岛丸的船长上岛来了,船就停泊在鸟羽港。

船长先是去了照吉家,而后去了安夫家,入夜后又去了新治的师傅十吉家,最后去了新治家。

船长四十多岁了,有三个孩子。他身材高大,对自己的力气引以为傲,不过为人沉稳。他是法华宗的虔诚信者。旧历盂兰盆节时,只要他人在村里,就会替和尚念经。船员们嘴里喊的"横滨的婶子""门司的婶子"都是船长的女人。每次抵达那些港口的时候,船长就领着小年轻们上女人家喝酒。装扮朴素的婶子们把小年轻们招待得很周到。

人们都在背地议论,说他头已秃了一半,都是因为女色。所以船长总是头戴镶了金丝的制服帽子,以此维持自己的尊严。

船长一到,就立马对新治和他母亲说起了正事。村里的男孩到了十七八岁,都会上船当炊事员,接受水手的训练。当炊事员就是在甲板上实习。新治也差不多到这个年纪了,所以他是来问新治要不要上歌岛丸当炊事员。

母亲没说话。新治回答说,要先找十吉商量过后再回应。船长则说,他已经征求过十吉的同意了。

可这还是很不对劲儿。歌岛丸是照吉的船。照吉憎恨新治,不可能让新治成为自己船上的船员。

"没事儿,老爷子也觉得你会成为一名好水手。我刚一说你的名字,照老爷子就答应下来了。嘿,你可要鼓起干劲儿,好好替我干活儿。"

为了稳妥起见，新治还是跟船长一起上十吉家去了一趟，十吉很支持新治去。他说，虽然太平丸少了新治会变得很艰难，但不能因此耽误了年轻人未来的发展。新治这才答应了下来。

次日，新治听到一个奇怪的消息。安夫也决定要作为炊事员上歌岛丸。据说，安夫本人并不想干炊事员，只是照老爷子以和初江的婚约为条件嘱咐他参加训练，他不得已才答应了。

听到这些，新治心里感到既不安又悲伤，但同时也涌现出一丝希望。

为祈求出海平安，新治和母亲一起去八代神社参拜，求了一张护身符。

当天，新治和安夫在船长的陪伴下坐上了摆渡船神风丸，往鸟羽方向去了。来送安夫的人很多，初江也在其中，但没见到照吉。送新治的只有他母亲和宏。

初江没往新治那边看。就在船马上要出发的时候，初江凑到新治母亲耳边说了些什么，塞给她一个小纸包，母亲把东西交到了儿子手上。

上船之后，由于船长和安夫都在，新治没有机会打开纸包看。

他眺望着远去的歌岛。这名青年在岛上出生、成长，比任何人都热爱这座岛。此时他才意识到，眼下自己正迫切地渴望远离它。他之所以接受船长的提议，也是因为自己希望离开这座岛。

当岛在视野中消失，年轻人的心也静了下来。和出海捕鱼的日子不同，今夜他不用回去。"我自由了！"——他在心里喊道。他第一次知道，原来还有这样一种奇妙的自由。

神风丸在细雨中前行。昏暗的船舱里，船长和安夫横躺在草席上睡着了。自打上了船，安夫还没有跟新治说过一句话。

青年将脸靠在雨滴滑落的圆窗边，借那里的光查看了初江的纸包。里面有八代神社的护身符、初江的相片，还有一封信。信的内容如下：

> 今后的每一天，我都会去八代神社，祈求新治平安。新治，我的心是你的。请你一定要好好地回来。

我给你一张我的相片,这样我就可以和你一起去航海。那是我在大王崎照的。——关于这次的事,父亲什么也没有说,可我觉得,既然他专门让你和安夫上了自己的船,应该是有什么打算。我感觉似乎看到了希望。请你也别放弃希望,加油。

信给了青年勇气。他感觉双臂充满了力量,一种活着重新有了意义的感受在体内充盈。安夫还在睡觉。在窗户的光亮下,新治仔细地瞧着少女倚在大王崎巨松旁拍的照片。照片里,海风吹起少女的裙摆,透过白色的连衣裙,紧贴着少女的肌肤起舞。自己也曾像这海风一样触碰过少女的肌肤,这份回忆给了他力量。

新治舍不得收起照片,一直盯着它看,立在圆窗边的照片的背后,答志岛在细雨朦胧里自右方缓缓靠近。青年的心再一次失去了宁静。恋爱真神奇,希望竟然折磨着他的心,只不过对他来说,这已不是新鲜事了。

抵达鸟羽时,雨已停了。云层出现了裂缝,混沌地泛着白的金光从云隙间流淌下来。

停靠在鸟羽港口的船里许多都是小渔船，一百八十五吨的歌岛丸因此特别醒目。三人跳上了被雨后阳光照得明晃晃的甲板。雨滴闪着光，顺着白漆桅杆滑落。起重机臂威风凛凛，弯在船舱上方。

船员们还没回来。船长带二人看了寝室，就在船长室隔壁、炊事室和食堂上面，一间大约十三平方米的房间。里面除了橱柜和中间一块铺在木地板上的薄席子，就只有右侧两张上下床、左侧一张上下床以及轮机长的床铺。两三张女星照片像平安符一样贴在天花板上。

新治和安夫被安排在了右手边靠外的上下床。睡在这间船室里的除了轮机长之外，还有大副、二副、水手长、水手和轮机员，由于总会有那么一两个人在外当班，所以这几张床铺足够了。

之后，船长又领二人看了桥楼、船长室、船舱以及食堂，告诉他们在船员们回来之前可以留在寝室休息，然后就离开了。寝室里，二人互相看着对方。安夫心虚，妥协地说："现在就只有咱俩做伴了。在岛上虽然发生过许多事情，但接下来咱们还是好好相处吧。"

"嗯。"新治简短地回应，微微笑了。

——快傍晚时，船员们回来了。他们几乎都是歌岛人，与新治和安夫也都认识。这些人带着满身酒气，逗弄着两个新船员取乐，然后交代了二人每日值班的内容及各种任务。

　　船明早九点起航。新治很快就被分配到一个任务，就是在天快亮时把停泊灯从桅杆上卸下来。停泊灯就好比岸上人家的防雨窗，拿掉就意味着起床。当晚，新治几乎没睡，天还没亮就起来了，在外面开始泛白的时候去卸停泊灯。清晨的光亮被包裹在雨雾当中。路灯分成两列，从港口连绵至鸟羽车站。车站那边，载货列车粗犷的汽笛声响了起来。

　　桅杆上的帆收着，光秃秃的，青年爬了上去。被雨淋湿的桅杆冰冰凉凉，大海细微的波澜仿佛在舔舐着船底，所有起伏都精确地传递到了桅杆上。清晨的第一束光亮融在了雨雾里，停泊灯泛着朦胧的乳白。青年的手朝挂钩伸去。停泊灯夸张地摇晃起来，仿佛不愿被摘下，火焰在湿漉漉的玻璃内闪烁，雨滴飘落在青年仰着的脸上。

　　下一次自己摘下这盏灯时，会是在哪个港口？新治想。

歌岛丸是山川运输公司的货运船，运送木材到冲绳，往返大约一个半月，最后回到神户港。船顺着纪伊航道途经神户，自濑户内海往西，在门司接受海关检疫，再从九州东海岸南下，在宫崎县的日南港的海关办事处拿到出港许可证。

九州南端，大隅半岛的东侧有一海湾名曰志布志湾，福岛港就正对着海湾，位于宫崎县的郊外。列车由此驶往下一站时，会跨越与鹿儿岛相邻处的县界。歌岛丸在福岛港完成装货，一千四百石的木材被装上了船。

出福岛后，歌岛丸就和远洋航船同样待遇了。自此大约两天两夜，或者再加半天就能到冲绳。

……没在码头装卸或其他闲暇时，船员们就躺在寝室中间不到五平方米的席子上，听便携式的唱片机。唱片就那么几张，划痕累累的唱片在生了锈的针头下唱出沙哑的歌谣，内容都大抵相同，无非是港口、水手、雾霭、关于女人的回忆、南十字星、酒。机关长五音不全，每次出海都打算学会一首歌，可每次都记不住，到下次出海时就已经忘了。船一旦发生剧烈摇晃，针头就一歪，给唱片留下一道伤痕。

有时候在夜里,众人会陷入不着边际的讨论。都是"爱情和友情""恋爱和结婚""能不能注射和生理盐水一样大剂量的葡萄糖"之类的议题,能足足讨论好几个小时,谁能强硬地坚持自身观点到最后谁就获胜。安夫曾在岛上担任青年会支部长,他的论证条理清晰,使前辈们佩服,而新治总是双手抱膝,笑眯眯地听着众人的意见。他一定是个傻子——"机关长有一次这样对船长说道。"

船上的生活很繁忙。从起床后打扫甲板开始,各种杂务都推到了新来的头上。安夫偷懒的举动逐渐叫人看不下去了。他似乎觉得只要做好自己的本职工作就已足够。

由于新治连安夫的活儿都帮他做了,所以安夫的偷懒并没有立刻被人发现。某天早晨,安夫打扫甲板时又半路溜走,假装上厕所,跑回寝室偷懒。水手长气不过就训了他,结果安夫却这样回应:"反正我回岛上后,就要给照老爷子做女婿了。到时候,这船就是我的了。"

水手长气坏了,可他又忌惮以后真的会变成安夫所言那样。后来,他就不再正面指责安夫,而这个不听话的新人顶嘴时说的话,他也偷偷告诉了同僚们。这一来,局面反而对安夫不利。

新治太忙了,只在每晚睡前,或者没有轮到他当班的时候,才有空闲看一眼初江的照片。他没让任何人见过那张照片。某日,安夫在新治面前吹嘘说,自己将成为初江的丈夫,新治则颇有心机地报复了他,就新治而言这非常罕见。他问对方——那你有没有初江的照片?

"嗯,有啊。"安夫立刻回答。新治很清楚地看出了对方在说谎,心里满是幸福。

不一会儿,故作镇定的安夫也问了一句:"你也有吗?"

"有什么?"

"初江的照片。"

"哦,没有。"这恐怕是新治生来第一次说假话。

歌岛丸抵达了那霸,在海关接受检疫,入港,卸货。原本计划要在运天港装载废铁运回本岛,但运天港是非开放港口,准入许可又迟迟没下来,因此船被迫要在港口停靠两三天。运天港位于冲绳岛北部,是战时美军最初登陆的地点。

普通船员未被允许上岸，就在甲板上眺望这荒凉岛屿上光秃秃的山头度日。美军当初进驻时，因为害怕残存下来的哑弹，于是将山上的树木烧了个精光，一棵不剩。

朝鲜战争已告终，岛上的景况却仍非同一般。战斗机飞行训练所发出的巨大轰鸣终日盘旋着，沿着港口铺设开来的水泥路上无数车辆——小轿车、卡车、军车往来不息，在亚热带的夏日之下折射出光芒。路旁的美军家属临时住宅的沥青闪闪发亮，当地民宅则饱受摧残，破破烂烂的锡皮房像这片景色上丑陋的污斑。

上岛的只有大副一人。他是要去山川运输公司的业务承包商那边找代理经纪人。

驶向运天港的许可终于下来了。歌岛丸进入运天港，装好了废铁。当时已有预报，台风要登陆冲绳，港口也在台风半径内。为了尽快起航，脱离台风的影响范围，船一早就出了港。接下来只要一路朝着本岛航行即可。

早上下起了小雨，大海波涛汹涌，风向西南。

后方的山很快便看不见了，歌岛丸在能见度很低的海面上靠罗盘针航行了六个小时。气压计的数值不断下降。

海浪越来越大,气压降到了非同寻常的低数值。

船长决意退回运天港。雨水被狂风吹成水雾,视野一片模糊,返航的六个小时艰难至极。终于,运天港的山能看见了。熟知此处地形的水手长站在船头观望。港口周边两海里都被珊瑚礁所包围,又没有浮标,想要在这狭窄的航道中穿行尤显困难。

"停下……前进……停下……前进……"

歌岛丸停停走走,压低船速在珊瑚礁的缝隙里穿行。那时是下午六点。

珊瑚礁内侧有一艘捕鲣鱼的船正在避难。歌岛丸和这艘船用几根系船索绑在了一起,并排驶入了运天港。港内的浪小了,风势却强了起来。船舷绑在一起的歌岛丸和鲣鱼船,各用两根船索和两根钢丝绳将船头系在了港口内一个将近五平方米的浮标上,以抵御风灾。

歌岛丸上没有无线电设备,航海时唯一的指引就是罗盘针。鲣鱼船的无线电台长派人将台风的路线以及方向等情报逐一通报给了歌岛丸的桥楼。

入夜后,鲣鱼船上四人一组轮班在甲板上站岗,歌岛丸也每次派三人出来站岗,盯着船索和钢丝绳,免得它们断裂。

浮标也无法保证能够撑得过台风，但绳索断裂的可能性更大。站岗的人要在对抗风浪的同时，一次次地冒着风险用盐水淋湿绳索，因为如果绳索太干，就可能在大风中被磨损。

晚上九点，两艘船被时速二十五米的台风包围。

从十一点开始站岗的是新治、安夫和一名年轻的水手。三人跌跌撞撞地爬到了甲板上。浪花如针一般吹打着他们的脸颊。

他们在甲板上站都站不起来。甲板如墙壁一般在面前竖起，船身的每一个部位都在发出声响。港口内的海浪虽没到冲上甲板的高度，但风高高地吹起浪花的飞沫，如雾般遮蔽了视线。三人终于爬到了船头的缆桩处，抱住了它。两根船索和两根钢绳将这缆桩和浮标系在了一起。

黑夜里，前方二十米处的白色浮标在连绵的黑暗幕布前隐约可见。狂风犹如巨大的石块儿，伴着钢索惨叫般的撕扯声砸过来，船被高高掀起。浮标仿佛落入了黑暗的深渊，看上去更小了。

三个人抱着缆桩，无言地面面相觑。咸咸的海水不停地往他们脸上拍，让他们几乎睁不开眼。无尽的暗夜将三人包裹，风的嘶吼和海的轰鸣反而带来一种狂暴的寂静。

他们的任务是紧盯着绳索。绳索和钢丝绳紧绷着，将浮标和歌岛丸连在一起。在发狂般的疾风里，一切都在动摇，只有绳索还坚定地划出一条直线。紧盯着它，这种全神贯注使他们心中有了一种坚定的信念。

有几次，风似乎戛然而止了，但这些瞬间反倒令三人战栗。猛然间，巨石般的风又砸了过来，桅杆不禁震颤，之后风又带着巨大的声响撞向别处。

三个人无言地守望着绳索。在风的呼啸声中，绳索断断续续地发出尖锐的拉扯声。

"快看！"安夫失声高喊道。钢丝绳令人不安地咯吱作响，绑在缆桩的那一头似乎有些许错位。虽然极其细微，但三人都见到眼前的缆桩发生了令人毛骨悚然的变化。就在那时，一条钢丝从黑暗里弹射而出，如长鞭般甩在缆桩上，发出一声闷响。

由于三人都及时卧倒，这才避免了被断掉的钢丝绳击中身体而皮开肉绽。钢丝绳像某种尚未死透的生物，发出巨大的声响,在黑暗的甲板上一阵乱蹦,划出一道半圆之后才静止不动。

面色苍白的三人这才明白了事态——拴住船的四根绳索中有一根断了。剩下一根钢丝绳和两根船索,也难保证何时会断。

"得报告船长。"安夫说完就离开了缆桩。他一路找东西扶着,又一次次地被风刮倒,最终抵达了桥楼,向船长报告了此事。体格壮硕的船长保持着冷静——至少看上去是那样。

"是吗?那就用安全绳吧。听说凌晨一点左右是台风最强的时候,现在把安全绳用上就万无一失了。找个人游过去把它拴在浮标上。"

船长把桥楼交给二副,自己带着大副跟着安夫来了。他们像拖着年糕的老鼠一样,跌跌撞撞,将安全绳和一副新的细绳连滚带拖地从桥楼运至了船头。

新治和水手抬头,眼神中带着疑问。

船长俯下身子,大声喊话:"有没有人能把安全绳拴到对面的浮标上?"

风的呼啸掩饰了四个人的沉默。

"一个都没有？没出息的东西！"船长再一次大吼。安夫的嘴唇直哆嗦，蜷缩着头。

新治爽朗而明快地应了一声。黑暗之中浮现出的一排雪白而美丽的牙齿显示出他在微笑。

"我去！"

"好，那就你去吧。"

新治站了起来。青年为刚才自己一直像个懦夫一样蹲在甲板上蜷缩着的样子而感到羞耻。风从暗夜漆黑的深处袭来，直击他的身躯。然而对早已习惯在气候恶劣的日子里捕鱼的他而言，牢牢踏在脚下的摇晃的甲板，顶多算是稍显焦躁的大地罢了。

他仔细倾听。台风就在他那颗雄赳赳的头颅上方。无论是在恬静午睡的大自然身旁，还是这疯狂飨宴的席间，他都拥有获得邀请的资格。雨衣之下，他早已汗流浃背，于是干脆脱下雨衣扔到一边。青年穿着白色圆领汗衫、双脚赤裸的身影在暴风雨的暗幕里鲜明了起来。

船长指挥四人将安全绳的一头拴在缆桩上，另一头系上了细绳。受到风的干扰，这项工作进行得很缓慢。

都系好后，船长将细绳那一头塞给新治，同时在他耳边高喊:"把这个缠在身上,游过去,到了浮标上再把安全绳拽上去系好!"

新治将细绳在裤腰带上绕了两圈绑好。他站到船头,俯视大海。浪头撞上船头后碎裂开来,浪花之下,漆黑难辨的波涛正扭曲、蜷缩着身体。它不断重复着无规律的动作,掩饰起它那多变又危险的脾气。每当它似乎就要逼至眼前,又突然退了回去,向人展示出漩涡之中无底的深渊。

新治的心里忽而闪过一个念头,那就是此刻挂在寝室的上衣里藏着的那张初江的相片。这些毫无意义的思绪终被撕碎在了风里。他脚蹬甲板,跳了下去。

浮标在大约二十米远处。虽然他自信臂力不输任何人,更有能绕歌岛五圈的游泳技艺,但此时要游完这二十米也似登天一样困难。一股可怕的力量纠缠上青年的胳膊。他试图用手臂劈开波涛,却感到无形的如棍棒般的痛打。他的身体不听使唤地漂浮着,想发力与波浪搏斗,却如同脚踩了油一样徒劳。他以为浮标已经触手可及,于是在波浪中抬起头,却看见隔着的距离和之前毫无变化。

青年使出全力往前游,一点点地逼退那庞然大物,开辟出道路，仿佛凿岩机穿透坚硬的岩石一般。

触碰到浮标的时候，青年的手一滑，又被挡了回去。而这一次，所幸波浪居然推了他一把，几乎令他的胸口撞上浮标，推着他一鼓作气地爬了上去。新治深深地喘息着。风堵住了他的鼻孔和嘴巴。那一瞬间，他感觉连呼吸都要停止，几乎忘记了接下来该做什么。

浮标摇摆着，满不在乎地委身于漆黑的大海。海浪不停地淹过它的一半，又稀里哗啦地流淌而下。为了不被风吹落，新治趴着，开始解缠在身上的细绳。打结的地方湿透了，很难解开。

新治拉扯起从身上解下的细绳。此时他才第一次看向船那边。船头缆桩附近，四个人的身影定格在那里。鲣鱼船的船头上，站岗的人们也注视着自己。明明就在前方二十米处，看上去却那么遥远。连接在一起的两艘船的黑影，并肩高高升起，又落下。

细绳在风中受到的阻力较小，拽在手里也还算轻松。可前端很快变沉了。之后他开始拉扯直径十二厘米的安全绳，挣扎在被拉入水的边缘。

安全绳受到了很大的风阻，青年终于握住了其中一头，他结实的手掌几乎难以握全这么粗的绳索。

新治犯愁了，不知该怎样用力。他想脚底发力，但在大风中无法做出那样的姿势。若鲁莽地和绳索角力，就很有可能被其拖入海里。他潮湿的身体火热起来，脸上一下子火辣辣的，太阳穴剧烈地跳动。

安全绳在浮标上绕了一圈后，接下来的作业就轻松了。有了发力的支点，粗大的绳索便反过来成了新治的倚身之物。

他绕了两圈，然后沉着地系紧结扣，抬手示意大功告成。

他很清楚地看见船上的四人挥手呼应。青年忘记了疲惫。开朗的本能苏醒了，本已衰竭的体力再次涌现。他面朝着风浪，极力吸了口气，跳入海中返程。

新治抓着甲板上放下的绳子上了甲板，船长用硕大的手掌拍了拍他的肩膀。新治疲惫得几乎要晕倒，但是依靠自己的男子汉气概硬撑着。

船长下令，让安夫扶他回了寝室。没轮到站岗的船员们帮新治擦干了身体。刚一上床，青年就睡去了。任凭暴风雨如何叫嚣，都无法打断他的酣眠。

……翌日清晨,新治睁开眼,明媚的阳光落在枕边。

透过寝室的圆窗,他看见了台风过后蔚蓝的天空、亚热带的太阳照射下光秃秃的山景,以及风平浪静的海面上粼粼的波光。

第十五章

歌岛丸比原计划晚了几天回到神户港口,所以船长、新治和安夫没能赶上八月中旬旧历盂兰盆节。在摆渡船神风丸的甲板上,三人听到了岛上的一件新鲜事。盂兰盆节的四五天前,古里的海滩上来了一只大海龟。海龟很快被杀了,取出来的蛋装了整整一篮子,每个蛋卖了两日元。

新治去八代神社参拜行礼,感谢神保佑他平安归来,不久后又受邀去了十吉家,庆祝他归来。他不会喝酒,但也被劝着喝了几杯。

第三天,他又上了十吉的船出海捕鱼。新治只字未提关于航海的事情,不过十吉早已听船长详细说过了。

"听说你干了件大事儿啊。"

"没有。"

青年的脸有些红,没再多说什么。若是不了解他的人看了,甚至可能以为他一个半月都是在某个地方睡大觉了。

不一会儿,十吉以若无其事的口吻问了一句:"照老爷子那边没跟你说什么?"

"嗯。"

"是吗?"

谁也没提初江的事情,新治也没觉得有多寂寞。小船被伏暑天的大浪晃着,新治则在船上投身于他所熟悉的劳动。这劳动就像量身定做的服装,完美贴合了他的身体和心灵,不容任何烦忧乘虚而入。

一种难以形容的自我满足始终伴随着他。傍晚,他看见一艘航行在海面上的白色货运船,跟许久之前看到过的不是同一艘,但又给新治带来了新的感动。

"我知道那船要去什么地方,"新治心想,"船上的生活,还有那种艰难,所有的一切我都知道。"

至少,那白色船只没有了"未知"的影子。然而,又有一种比"未知"更为撩动心灵的东西，存在于晚夏的傍晚，在拖着长长的烟远去的白色货运船上。青年回味着掌心里用尽全力拖动安全绳时的沉重。那一次，新治无疑是凭他结实的手掌，触碰到了曾远远眺望的那份"未知"。他觉得自己只要伸出手，也能触碰到海面上那艘白色的船。于是在少年心气的驱使下，新治朝着晚霞里光影已然浓重的东方海面，伸出了骨节粗大的五根手指。

——暑假已然过半，可千代子却迟迟没回来。灯塔长夫妇每日盼着女儿回岛，写信催，不回信就再写。整整十天过后，她才不情不愿地回信，只说今年暑假不回岛了，也没说原因。

最后，母亲写了封十多页的加急信，恳求女儿回家。回信来时，暑假已经快结束了，那时新治已回岛整整七天。信中出乎意料的文字令母亲愕然。

千代子在信里向母亲坦白，是自己在暴风雨那天见到新治和初江依偎着走下石阶，又跑去向安夫告密，才使二人陷入了困境。负罪感仍在折磨着千代子的内心。倘若新治和初江不能幸福，自己就无颜回岛上去。所以如果母亲愿意替自己从中调解,说服照吉让二人在一起,她才可以考虑回岛。

这封悲剧性的、执着于施人恩情的信,把母亲这个老好人吓得直哆嗦。她感觉,倘若处置不当,女儿就难以承受良心的苛责,甚至可能自杀。灯塔长夫人在许多书里都读到过这个年纪的女孩儿因为一些琐碎的小事而自杀的可怕先例。

灯塔长夫人决定不给丈夫看这封信,自己得赶紧把一切都解决了,好让女儿早日回岛上来。她换上了外出用的白麻布套装,找回了当年身为女校教师,去找家长谈学生的问题时的那种气势。

通往村子的下坡路旁,一户人家将草席铺在门前,上面晒了芝麻、小豆、大豆什么的。芝麻梭子绿绿的、小小的,沐浴着晚夏的阳光,在泛着新鲜色泽的粗草席上,留下一个个可爱的纺锤形状的影子。她由此俯瞰海面,今天的浪不高。

夫人脚下的白凉鞋发出轻柔的声响,顺着村里水泥主路的台阶缓缓而下。热闹的谈笑声和拍打潮湿的东西时那种富有弹性而悦耳的声响传来。

循声望去,路边小河旁,六七名身着夏季便装的女人正洗衣服。盂兰盆节过后,海女们顶多也就偶尔出海捞捞褐藻,闲下来的时候就这样干劲儿十足地洗涤攒下的脏衣物。她发现新治的母亲也在其中。她们不用肥皂,而是在石头上把衣物摊开,用双脚踩。

"哟,夫人,今天要去哪儿?"女人们七嘴八舌地喊着跟她打招呼。河水反射出光影,在她们卷起的黑色裤腿上摇曳。

"去找宫田照吉先生。"夫人如此回答时忽然想到,自己既已见到新治的母亲,却一声招呼也不打就去替她儿子说媒,也不合理。于是她转身走上了通往河边的盖满苔藓、滑溜溜的石头台阶上。穿着凉鞋脚下容易打滑,于是她就背对着小河,不时地回头瞄一眼河边的情况,手扶着石阶慢慢地撅着屁股往下走着。一名女子站在小河的中央,伸手扶了她一把。

到河边,夫人脱了凉鞋,光脚蹚过了小河。

对岸的女人们愣愣地看着她的冒险行为。

夫人找到新治的母亲,凑到她耳边,笨拙地说起了周围都听得见的悄悄话:"其实……在这儿聊虽然不大好……不知道新治和初江两人的事情，后来怎么样了？"

这突兀的问题让新治的母亲瞪圆了眼睛。

"新治他喜欢初江吧？"

"啊，嗯……"

"可照吉先生却要从中阻挠。"

"啊，嗯……就因为这个弄得挺难受的……"

"那么，初江那边是什么意思呢？"

这是一场哪怕不想听也能听得清的悄悄话，周围的海女们便加入进来。自打行脚商人举办那场竞技比赛过后，海女们无一不支持初江。听初江诉说了她和新治的事之后，大家全都反对照吉的做法。

"初江对新治也很喜欢呢。真的，夫人。可是，照老爷子却打算找那个没用的安夫做女婿，你说这事儿蠢不蠢？"

"所以——"夫人操起了在讲坛上的语气，"我那个在东京的女儿都写信来威胁我了，让我一定要促成两人这桩好事。接下来我就打算去照吉先生那儿跟他说说，但我又想，还是得先听听新治母亲的意思。"

母亲拿起了刚才踩在脚下的儿子的睡衣，缓缓地拧起了水，考虑了一番。很快，母亲朝着夫人深深鞠了个躬，开口了："拜托您了。"

其余那些海女都是热心肠，此时宛如一群河边的水禽，互相嚷嚷着商议起来，认为她们应该代表村里所有女人跟着夫人一起去，用人数吓唬照吉，这样会比较有利。夫人同意了。她们就决定，除新治母亲之外的五名海女立刻拧干衣物送回家，然后在通往照吉家的那个拐角处跟夫人会合。

宫田家泥土地的玄关处光线昏暗，灯塔长夫人站在了那里。

"有人吗？"她招呼道，声音里还带有年轻的气息。无人回应。屋外，五名妇女目光炯炯，眼中满是热情，她们的脸已因日晒而变黑，正像仙人掌一般探向前方，窥视屋内。夫人又招呼了一次，声音在空荡荡的家里回响。

不一会儿，楼梯吱呀作响，身着浴衣的照吉下来了。看来初江不在家。

"哦，是灯塔长夫人呀。"照吉威严十足地站在玄关的台阶上轻声道。一般的来客见了他那毫不亲切的脸色和如同鬃毛般倒竖的白发都要打起退堂鼓，夫人也有了一丝怯意，但还是鼓足勇气开口："我有些事情想和您当面谈谈。"

"是吗？请进屋。"

照吉转身，又快步上楼了。夫人跟在他身后，其余五个人也悄声跟了上去。

将灯塔长夫人让进二楼客厅后，照吉自己背靠着壁龛立柱坐下。见到有六位客人进屋，他也没表现出什么惊讶。他没理会这些客人，而是朝大敞着的窗户外头望去。他把玩着手里的圆形扇子，上面印着鸟羽一家药店的美人广告画。

窗户正对着歌岛港。堤坝内侧只停了一艘商会的船。夏天的云朵高高地飘在伊势海遥远的那一头。

由于外头太亮，室内更显昏暗。上上任三重县长的题字挂在壁龛上，一个用盘根错节的树根雕出的打鸣雄鸡摆在下面，鸡尾和鸡冠巧妙地利用了原本错综复杂的旁枝，整个雕塑都发出油脂般的光泽。

未铺桌布的紫檀矮桌一侧坐着灯塔长夫人。五名海女背靠客厅入口的门帘坐着，之前的气势已不知抛去了哪里，仿佛在坐成一排展示便装。

照吉仍旧望着外头，一语不发。

夏日午后，闷热的沉默迎面扑来，几只硕大的绿豆苍蝇在屋里乱飞，唯有它们的嗡嗡声占据着这片沉寂。

灯塔长夫人不停地擦汗。

她终于开了口："我要说的，就是您家的初江跟久保家的新治两人的事……"

照吉仍然望着窗外。片刻过后，他才若有所思地开口："初江和新治的事啊。"

"是。"

照吉这才转过脸来，面无表情地说道："要是那事儿，那已经定了。新治是要做初江的丈夫的。"

女客们如决堤的洪水般吵嚷起来。照吉则全然不顾客人们的情绪，继续说："不过，两人现在都还太小，眼下可以先订婚，等新治成人了就让他们办婚礼。我听说了，新治的母亲生活也不宽裕，他妈和他弟我也可以一并接过来，或者大家谈谈，每月给他们些钱也可以。不过这事儿，我还没跟旁人提过呢。

"刚开始，我是动了怒，可是拆散他俩后，初江就没了精气神,我也觉得这样下去不是办法。所以我就想了个点子,让新治和安夫都上了我的船,还嘱咐船长替我试探他们,看谁才是真正有前途的男人。这事儿,我也让船长提前跟十吉通了气,十吉应该还什么都没告诉新治。唉,大概就这么个情况,结果船长对新治喜欢得不行,说上哪儿都找不到这么好的女婿。在冲绳,新治还干了件了不起的大事,我就重做打算,决定让他做我女婿了。这说到底啊——"照吉的语气坚毅了起来,"男人要的是魄力。得有魄力才行。这歌岛上的男人,就必须得这样。身世、家产都是其次。你说是不是,夫人?新治是有魄力的。"

第十六章

新治已经可以大大方方地进宫田家的门了。一天晚上，新治捕鱼归来，身着清爽的白色开襟衬衫和一条长裤，一手拎着一条大鲷鱼，在门口呼唤初江的名字。

初江早已做好了准备在等他。他们约好要去八代神社和灯塔，报告订婚的事情，并送上谢礼。

玄关处在暮色里泛着微明。初江出来了，身穿着之前从行脚商人那里买来的染有大喇叭花的白色浴衣，那雪白的底色哪怕在黄昏中都十分明亮。

新治本是单手撑着门框等待，初江一现身，他却忽然低下头去，抬起穿着木屐的脚做出驱赶什么的架势，还小声嘀咕:"蚊子可真多。"

"是呀。"

二人走上了八代神社的石台阶。一口气快步上去也不是难事,可他们却心满意足地、一步一步地、仿佛享受般地走着。走到第一百级时,他们甚至都不舍得再继续往上了。青年手里拎着鲷鱼,没法牵初江的手。

大自然再一次赐予他们恩宠。走到顶端后,他们回望伊势海。夜空满是繁星,只有一朵低矮地横亘在知多半岛那边、不时放出无声的闪电的云。海潮声也不激烈,听上去规律而恬静,仿佛是大海酣睡时健康的鼻息。

他们穿过松树林,在简朴的神社参拜。合掌行礼时,青年为自己高亢而有力的拍手声而感到自豪,于是又拍了一次。初江正低头祈愿。在白底浴衣的反衬下,她的脖子虽不显白,却比任何白皙的脖子都更让新治心动。

众神替自己实现了所有的愿望——想到这些,幸福的感觉又回到了青年心里。二人久久地祈愿。他们从未对神明抱有怀疑,也因此感受到了诸神的庇佑。

神社的办事处明晃晃地亮着灯,新治打了声招呼,窗户开了,神官探出头来。新治说不清楚话,神官好久也没听清二人的来意，最后才明白新治要献上鲷鱼供在神前。神官接过这条漂亮的大鱼，想到未来的某一天将亲自主持二人的婚礼，发自内心地道了一声恭喜。

二人走上了神社背后的松林小道，这才感觉到了夜的凉意。天已经全黑了，却还有蝉鸣。通往灯塔的路满是险阻。新治一只手已空了出来，于是牵起了初江的手。

"我呀，"新治开口道，"要尽快参加考试，努力考到水手证，以后我要当大副，满二十岁就能领水手证了。"
"真好。"
"领到了水手证，就可以办婚礼了吧？"
初江没有回答，腼腆地笑了。

绕过女人坂，灯塔长家的灯火近了，玻璃窗后晃动着正在做饭的灯塔长夫人的身影。青年像以往一样朝着那里打招呼。

夫人打开了窗，见到了伫立在暮色中的青年和他的未婚妻。"哎呀，你俩都来了。"

夫人伸出双手才勉强接住新治递过来的大鲷鱼，她高喊:"孩子爸,新治送来了好大一条鲷鱼!"

灯塔长懒洋洋地在里屋没起身,只高声招呼:"谢谢你总送东西来!这回要恭喜你呀。快进屋吧,快进!"

"快进屋吧。"夫人也跟着说道,"明天千代子也要回来喽。"

青年对自己曾带给千代子的感动以及种种忧虑一无所知。听了夫人补上的这句唐突的话,他一点儿也没多想。

二人硬是被留下吃饭,整整待了快一个钟头,临走还在灯塔长的提议下,跟着他参观了灯塔。初江来岛上并不久,还一次都没去过灯塔里面。

灯塔长首先带二人去参观值班小屋。

从宿舍到小屋,要经过昨天刚播下萝卜种子的一块小菜地,然后爬上水泥楼梯。灯塔建在这块靠山的高地上,而值班小屋就正对着断崖。

灯塔的光束朝着小屋所面对的断崖,雾蒙蒙的光柱自右往左横扫而过。灯塔长打开门带头进屋,打开了灯。挂在窗棂上的三角尺、整洁的办公桌、桌上用来记录船舶通行的本子以及朝着窗外三脚架上的望远镜等都被照亮了。

灯塔长推开窗,按初江的身高替她调好望远镜。

初江看了一眼,然后用浴衣袖口擦了擦镜头,又看了一眼,大声叫道:"哇,真好看!"

新治凭借超凡的视力,向初江讲解她所指方向的灯是什么。初江的眼依然看着望远镜,手指向了点点散布在东南方海面上的数十处灯火。

"那个吗?那是拖网机动船的灯。那些都是爱知县的船。"

海上众多的灯火和空中点点的繁星,仿佛在一一呼应。伊良湖岬角的灯塔发出的灯光就在眼前。散落在它背后的,是伊良湖岬角镇子上的灯火,再往左,筱岛上的灯火也隐约可见。

知多半岛的野间岬角上的灯塔在左侧。它的右边是丰浜町成群的灯光。中央位置的红色光亮是丰浜港口堤坝上的灯。右边远处,大山顶上的航空灯塔在闪烁。

初江又一次惊呼。望远镜的视野里,出现了一艘巨型轮船。

那是一幅十分壮观且凭肉眼难以观察的、明晰又难以形容的画面,青年和他的未婚妻,在船缓缓穿行于望远镜视野的这段时间里轮流礼让着观看。

那船是两三千吨位的客货船。观景甲板里侧，铺着白桌布的几张桌子和椅子都清晰可见。一个人也没有。

他们看见了一个像是餐厅的房间里白漆的墙壁和窗户，一名身着白衣的男服务员忽然从右边出现，从窗前横穿而过……

很快，前后桅杆都亮着绿色灯火的轮船离开了望远镜的视野范围，顺着伊良湖航道往太平洋方向去了。

灯塔长又领二人去看灯塔。放有油壶、煤油灯和油罐的一楼满是油味儿，运行中的发电机正发出巨响。顺着窄窄的旋梯上去，顶部是座孤独的圆形小屋，只有灯塔的光源悄然无声地伫立于此。

二人透过窗户看着漆黑而澎湃的伊良湖航道上，光明自右往左横扫而过，壮观而浩茫。

灯塔长知趣地留二人独处，自己走下了旋梯。

顶部的圆形小屋，四面是精致打磨过的木墙。黄铜材质的零件金光闪闪，五百瓦的光源灯球周围有厚厚的透镜，可将亮度增至六万五千烛光，以恒定的速度发出连续的白色闪光，缓缓旋转。透镜的光影从周围的木墙上转圈掠过，伴随着明治时代灯塔所特有的"丁零零"的旋转音，也掠过了正将脸贴在窗户上的青年和他的未婚妻身后。

二人感觉到一种亲近，近到只要他们想，就能立刻抚摸到对方的脸颊。还有那燃烧般的热情……同时，二人的面前是难以捉摸的黑暗，灯塔的光规律地在当中浩荡穿行，透镜的影子在旋转，从白衬衫和白浴衣的背影划过，所到之处留下曲折的光影。

此刻，新治在思考。虽然经历了那些艰难，可最终，在同一种道德中，他们自由了，众神的庇佑从未离开过他们，哪怕一次。换句话说，这座被黑暗所包围的小岛守护了他们的幸福，也成就了他们的爱恋……

突然，初江朝新治一笑，从袖口里掏出一个小小的粉色贝壳，放在他眼前。

"这个，你记不记得？"

"记得。"

青年微微一笑，露出美丽的牙齿。随后，他从自己衬衫胸前的口袋里，取出初江那张小小的相片，放在未婚妻眼前。

初江轻轻碰了碰自己的相片,然后又推到男人面前。

少女的眼里透着自豪。她觉得是自己的相片保佑了新治。然而,此时的青年却扬起了眉毛。他明白,征服了那场冒险的,是自己的力量。

一九五四年四月四日

图书在版编目（CIP）数据

潮骚 /（日）三岛由纪夫著；代珂译. —杭州：
浙江人民出版社，2022.7
ISBN 978-7-213-10578-4

Ⅰ.①潮… Ⅱ.①三…②代… Ⅲ.①中篇小说—日本—现代 Ⅳ.①I313.45

中国版本图书馆CIP数据核字（2022）第065683号

潮骚
CHAO SAO
[日] 三岛由纪夫 著 代珂 译

出版发行	浙江人民出版社(杭州市体育场路347号 邮编 310006)
	市场部电话：(0571) 85061682 85176516
责任编辑	钱 丛
责任校对	姚建国
封面设计	艾 藤 王雪纯
电脑制版	刘龄蔓
印 刷	河北鹏润印刷有限公司
开 本	787毫米×1092毫米 1/32
印 张	6
字 数	92千字
版 次	2022年7月第1版
印 次	2022年7月第1次印刷
书 号	ISBN 978-7-213-10578-4
定 价	42.00元

如发现印装质量问题，影响阅读，请与市场部联系调换。
质量投诉电话：010-82069336